서진아!
할머니 놀이터에서 놀자!

서진아!
할머니 놀이터에서 놀자!

할머니가 쓴 육아 에세이

글 권순이

도서출판
곰단지

용기를 얻다!

'한 아이를 키우기 위해 한 마을이 필요하다'라는 말이 있습니다. 한 아이가 세상에 태어나서 살아가기까지 그만큼 많은 사랑과 돌봄이 필요하다는 이야기겠지요. 현대사회에 들어서 아이를 낳으려는 사람들이 줄어들어 출산율이 낮아지고 있습니다. 그 이유 중 하나가 바로 한 아이를 키우기 위한 힘이 부족하기 때문이 아닐까요? 함께하는 공동체인 마을은 점점 사라지고, 아파트 벽 사이로 함께 소통하는 시간이 줄어들고 있습니다. 젊은 사람들은 바쁜 일상으로 그 육아를 홀로 감당하기에는 힘에 부치기 때문이겠지요. 직장을 다니는 엄마는 아이를 키우기 위해 그 시간을 오롯이 혼자 감당해야 합니다. 누군가 손을 내밀어 준다면 얼마나 좋을까요.

이 책에서 권순이 작가는 한 아이의 할머니입니다. 아이를 키우기 위해 손을 내민 할머니이지요. 조모 육아는 어쩌면 어깨에 짊어진 짐처럼 무거운 일일 수도 있습니다. 하지만 작가는 아이와 함께하면서 오히려 아이의 미래를 함께 꿈꾸고 나아가 아이와 함께 성장하는 제2의 인생 전성기를 누리고 있습니다.

아이는 숲에서 뛰어놀고 흙과 물에서 장난치고, 옛 동요를 부르며 옛이야기에 빠져들었습니다. 소꿉놀이와 재미있는 책 놀이를 합니다. 책과 숲은 든든한 육아의 도구입니다. 책과 함께 아이에게 무한한 상상력을 제공하고, 상상하지도 못할 만큼 성장하는 아이를 발견하곤 합니다. 할머니는 나의 자식에게는 해주지 못했던 육아의 기쁨을 손주를 통해서 듬뿍 담아냈습니다.

서진이는 권순이 할머니에게 말하지요.

"할머니는 왜 할아버지가 없어요?"

"하늘나라에 가셨다."

"그럼 다른 할아버지 들이면 되잖아요."

요즘 말로 '웃픈' 이야기지만, 다섯 살 아이는 그렇게 할머니에겐 모든 속내를 드러냅니다. 망설임도 없이, 눈치 보는 것도 없이 할머니 앞에서는 늘 당당합니다. 세상 그 누구 앞이라도 당당할 수 있을 것처럼 자라납니다. 아이가 세상을 향해 날갯짓할 때까지, 애벌레가 나비가 될 때까지 권순이 할머니는 그 단단하고 만만한 땅이 되어주고 있습니다.

권순이 작가의 원고를 처음 보았을 때 어쩌면 나에게도 조만간 닥쳐올 조모 육아에 대한 고민이 생겼습니다. 과연 이걸 즐겁게 할 수 있을까? 하지만 원고를 읽으면서 '즐겁다, 행복하다'라는 단순한 표현보다는, 선명한 사랑으로 만들어 나가는 조모 육아의 멋진 예를 볼 수 있었습니다.

권순이 작가의 글은 조곤조곤, 살금살금 다가옵니다. 어려서 글을 좀 써봤다는 문학소녀답게 아주 재미난 이야기들로 가득합니다. 어쩌면 아이의 무한한 상상력은 권순이 할머니의 이야기들로 채워진 것이 아닌가 생각합니다. 고양이와 분홍색을 좋아하고, 애벌레가 나비가 되겠다는 이 작은 아이와 할머니가 함께 성장하여 하늘을 나는 모습을 보게 됩니다.

시적으로 풀어쓴 이야기들이 어쩌면 우리에게 닥친 현실을 즐겁게 받아들이는 용기가 되지 않을까 생각합니다.

글을 다 읽은 후 아들에게 말합니다. "아들아, 너희가 원한다면 너희 아이들을 키워줄 수 있을 거 같아"라고 말이지요. 그런 용기를 주는 책입니다. 그리고 그 용기는 바로 아름답고 즐거운 애벌레와 말벌 이야기 속에서 태어났습니다. 응원합니다. 감사합니다. 사랑합니다.

도서출판 곰단지 대표, **이문희**

권순이 할머니랑 서진이랑

5년이란 시간 속에 나를 이끄시어 사랑하는 손녀의 육아 에세이를 끝까지 쓰게 하신 하나님께 먼저 감사드립니다.

엄마로 예쁜 딸과 아들을 기르며 사랑스럽고 예쁜 모습을 머릿속에 떠올려 보지만 희미한 기억뿐입니다. 삶이 무엇인지 바쁜 일상으로 딸과 아들의 아기 때 보석 같은 시간은 잊히고 기억이 없는 것이 인생의 한 토막을 빼앗긴 아쉬움입니다. 많이 웃었고 매우 기뻤고 아이들로 인해 행복하였는데…… 기억은 희미하고 기록도 없습니다.

나 자신에게도 어릴 적 흑백 사진 하나 없고 이제는 나를 희미한 기억으로라도 말해주는 부모님도 안 계십니다. 아들과 딸의 아기 때 예쁜 모습을 흘려보낸 아쉬움을 외손녀 서진이를 돌보며 하루하루 때 묻지 않는 서진이의 세계와 놓치고 싶지 않은 순간순간을 기록하여 채워봅니다.

육아 에세이를 쓰다 보니 서진이의 말과 행동 표현을 읽을 수 있었고 대처하기 위해 공부도 하게 되었습니다. 무엇을 얼마나 알아가는가가 최우선이 아니라 어릴 때 정서교육의 중요성도 깨달았습니다. 하루하루 일상의 기록은 초등학교 때 식물 관찰 일기를 쓰며 빛과 바람과 물의 필요함을 알아가고 그 때에 맞추어 관리하던 것과 같았습니다.

육아 에세이를 쓰면서 서진이에게 무엇이 필요한지 어느 때 무엇을 하여야 하는지도 알게 되었습니다. 그것이 서진이랑 함께하는 이야기가 되고 그 이야기가 놀이가 되었습니다. 이를 위해 새로운 정보 속에 필요한 책과 많은 것을 서진이 엄마 아빠가 정성으로 준비했습니다. 그 덕에 서진이랑 할머니는 책과 놀이를 통해 행복한 시간을 보냈습니다.

서진이가 자라 어른이 되어서 이 책을 본다면, 어릴 때 추억을 떠올리며 기쁠 때 한 번 더 웃어 보고, 위로가 필요할 때 힘을 얻기를 바랍니다. 예쁜 서진이를 돌보며 혼자만 웃고 행복했던 모습을 사돈 내외분과 딸과 사위, 그리고 가족들에게 다 보여드리지 못하여 항시 아쉬웠는데 지면으로라도 보일 수 있어 참 기쁩니다.

이 책을 읽는 모든 분께 조심스럽게 부탁드립니다.
우리 서진이를 사랑하는 딸로, 손녀로, 조카를 보는 마음으로 바라봐 주시고, 나라의 기둥이 될 자라는 모든 아이들을 위해 기도를 부탁드립니다. 감사드립니다.

2023년 9월, **권순이**

차 례

제1장 서진이의 꿈은 찐분홍 고양이 나비

제2장 서진이 애벌레는 할머니와 노래해요

제3장 서진이 애벌레의 조잘조잘 말놀이

제4장 할머니 나랑 놀아요

제5장 서진이 애벌레와 할머니 말벌의 이야기

제1장

서진이의 꿈은
찐분홍 고양이 나비

뿜뿜 할머니~
나보다 더 떨려 하고 긴장하고 있을 것 같은데?
오늘이 지나면 우리집에 새 생명이 태어나네.
건강하게 맞이할 수 있게 도와줘서 고마워요.
서울 할머니가 있어서 서진이는 행복한 아이가 될 것 같아요.
너무 걱정하지 말고 기쁜 마음으로 편안하게 계세요.
잘 데리고 올게요.

출산하러 가면서 쓴 딸의 편지.
코끝이 시리다.
그리고 눈물도 흐른다.
기쁨과 마음속에서 엉기는 감격과 함께~
건강한 우리 뿜뿜이를 기다린다.

천사 같은 생명!
기쁨이 뭉글뭉글 솟아 올라온다.
건강하게 자라라.
하나님의 축복 속에서!

맑은 기도

응~애 응~애
찌찌 여기 있다.

응애~ 응애~~
기저귀 갈았다.

응애~애 응애~애

자장가로
아기별과 같이
깜빡깜빡
꿈나라 여행 보낸다~

응애~~~~~ 응애~~~~~
쪽쪽이는 엄마 것이 아니야~~
응애~~~ 훅

아기의 울음소리는
천사의 소리인가?
진실한 아가의
응~애 응~애

응애~ 응애~

응애~애 응애~~애

응애~~~ 응애~~~

아가의 간절한 기도는
즉시 응답한다.
하나님이 보낸 엄마가~~!!

생각해 본다.
우리의 기도는 의를 구하지 않았고 욕심이 가득했다.
부질없는 교만으로, 겸손하지 못하여
기도의 응답을 오늘도 기다리나 보다.

바람에 나도 날아가고 싶어요

서진이 어린이집 첫날, 택시를 타고 어린이집 도착하여 서진이를 교실에 들여보낸다. 적응 기간이라 두 시간 있다 나온다.

커피가게의 은은한 향기와 커피 맛과 분위기도 내 마음을 감싸고, 육아로 힘든 몸과 마음의 기분이 전환되는 시간이다.

하원 시간이 되어 서진이와 정문을 나오니, 푸른 나무가 울창하다. 시원한 바람과 함께 숲속의 느낌을 준다. 산책 나온 느낌을 받았는지, 애벌레*가 "할머니 자작나무 어디 있어요? 나비는요?" 하며 고개를 돌리며 찾는다.『추피의 생활이야기』중에서 '할아버지 산책'이 생각나는가 보다. (*애벌레는 서진이 별명)

서울숲에 바람이 분다. 나뭇잎이 간간이 떨어지고 날아간다. 나무의 열매를 보더니, 열매 따러 가자며 막 뛰어 빨간 열매를 고사리손으로 하나하나 재미있게 줍는다. 도토리나무 아래 도토리 알을 찾아서 한 알 한 알 주워서 주머니에 넣는다.

바람이 불며 지나간다.

서진이는 "할머니 나도 바람에 날려가고 싶어요" 한다.

읽은 책 내용에 버트가 바람에 날려 무당벌레 생일 파티에도 가고, 쇠똥구리도 만난다.

서진이도 버트가 되고 싶은가보다. 할머니는 주인공 이름이 생각이 안 나서 서진이에게 물으니 '버트'라고 한다. 나는 지금도 버트가 정확한지 기억이 없다.

서진이를 등원시키고 회사 둘레길을 걷는다.

싸늘한 바람이 옷깃을 여미게 한다.

추위를 타는 탓에 남들보다 두꺼운 패딩을 입었다.

살랑이는 바람에 색옷 입은 낙엽이 떨어진다.

아주 예쁜 낙엽들이다.

사진에 담고 책갈피에 간직하고 싶다.

고운 벚나무 단풍잎은 더 아름답다.

스치는 바람에 떨어지는 낙엽

훅 바람 불면 후루루 떨어지는 낙엽

덩달아 뒹구는 낙엽을 본다.

인생도 스치는 바람에도 떨어지고

훅 부는 바람에도 떨어졌다.

아무도 알 수 없는 인생의 때에

낙엽 지듯 떨어진다.

봄 여름 가을 떨어지는 낙엽은
모두 가을빛 단풍 옷을 입고 있었다.

고운 빛을 띠고 낙엽처럼 떨어질 때가 우리의 때다.
언제인지…… 모르지만,
낙엽이 썩어 자연으로 돌아가 생명을 연장하듯,
나의 때가 되기 전까지
많은 사람들이 찾는 가을 단풍나무이고 싶다.
그리고 나무의 거름이 되고 싶다.

이른 낙엽 되어 멀리 가버린 사람,
나뭇가지의 남은 나뭇잎들은
슬프고, 보고 싶고, 함께 하고픈 아쉬움이 한이 없건만
평안하리라 위안을 받는다.
우리에게 서진이 손녀가 있다오.
예쁜 새잎이 힘이 되고 기쁨이랍니다.
좋은 곳 아주 가까운 곳에서 서진이를 지켜주고 있겠지요.

낙엽은,
오늘도 스치는 바람에 떨어진다.

내일 떨어져도 때 이른 낙엽.

모레 떨어져도 때 이른 낙엽.

글피, 10년, 그 후에 떨어져도

때 이른 낙엽일 거다.

아쉬움, 아쉬움 아닐까요.

인생은 낙엽.

계절은 봄이 오지만

인생의 낙엽은 어디서 찾아볼 수 없다.

높은 하늘 비행기를 타고 눈을 씻어 보아도

높은 빌딩에 올라가 눈을 씻고 보아도

이 세상에서 찾을 수 없다.

인생의 나무뿌리를 하늘에 두었으니 그곳에서

꽃 피고 열매 맺고 항시 푸른 나무로 있길 바란다.

떨어지는 낙엽이 동그라미 얼굴을 그리게 한다.

애벌레 탄생

　아직 기저귀를 차고 있지만, 『애벌레의 꿈』 책에 빠져 있다. 할머니는 읽어 주며 책에 큰 의미를 느낀다. 서진이 역시 좋아하는 책이다. 말을 알아듣는지? 그림을 즐겨 보고 듣는다.
　서진이의 눈빛은 강하다.

　각종 색깔 색종이를 찢어 놓고 할머니보고 먹으라 한다.
　할머니는 냠냠 맛있게 먹고 "아이고 배부르다"며
　또 "아이 졸려" 한다.
　서진이도 함께 쿨쿨하다 "아이구 잘 잤다" 하고
　"왜 집이 좁아"라며 날갯짓하며
　번데기에서 나오는 시늉을 하며
　서진이는 "알록달록 나비 되었네" 한다.
　할머니는 이제 "서진이가 나비 되었으니
　밥으로 나뭇잎 말고 꽃꿀 먹어요" 한다.

매미가 날아간다

　서진이는 소파에 올라가서 "매미가 날아간다" 한다. 아기 고양이(서진이)가 매미를 잡으려고 올라갔지만 매미는 날아갔다. 내려올 수 없는 서진이는 무서운 듯이 할머니를 부른다.

　"할머니!"

　소파 밑에서 잠을 자던 할머니는 높이 올라간 서진이에게 "걱정하지 말아라. 할머니가 내려 줄게" 하면서 소파에 오른 고양이 서진이의 얼굴을 부비고 목덜미를 물고 내려온다. 서진이와 할머니는 '야옹 야옹야옹' 한다. 『나무에 올라간 아기 고양이』 책을 읽고 어린이집 다녀와서 할머니와 놀이로 재현한다.

　아기가 소파에 올라가서 매미가 날아간다, 할 때 누가 서진이의 마음을 읽을 수 있을까? 함께 읽은 책으로 함께 소통하고 손녀의 마음을 읽을 수 있어 행복하다. 또 마음에 들어가 높이 올라간 서진의 두려움을 안전한 곳으로 옮겨주는, 옮겨 줄 수 있는 할머니로 하얀 도화지에 기억되면 좋겠다.

웃기 대장

두어 달간 쉬었다 어린이집에 가니, 선생님께서 서진이가 적응하기가 어려운지 오전에 놀이도 잘하고 신나게 놀다, 할머니를 찾았다고 한다. 할머니가 보고 싶어도 울지 말라. 웃기대장* 서진이가 어린이집에서 놀고 나오면, 할머니가 문 앞에서 기다린다고 하고, 서진이를 보냈지만 31개월 서진이 표현으로 많이 울었다고 한다. (*웃기 대장은 많이 웃으라고 할머니가 붙여준 별명)

"서진아! 오늘은 울지 마라."
"친구가 울면, 울지 마! 서진이랑 놀자. 이렇게 노래해 주어라."
어린이집에 가면서 당부하고 당부했건만, 입실까지 투스텝으로 두 손을 흔들며 간다. 울지 않을 것같이 선생님께 인사 "안녕하세요"도 하고, 신발장에 신발도 나란히, 마스크, 양말, 윗도리까지 벗고 등원했다. 할머니는 "하원 시간 맞추어 문 앞에서 기다릴게" 하며 손을 흔들어 주었다.
커피숍에서 기다리는 시간에 성경 묵상을 하고 잘 놀았겠지! 하고 하원을 기다렸는데, 10시 30분부터 할머니를 찾아 울었다고 한다. 적응 기간이라 서진이가 아주 힘든가 보다.

밖에 나오니 신이 난다. 나와서 얼굴을 보니 붉은 자국이 나 있었다. 누가 그랬냐 하니 친구가 그랬다고 한다. 다른 때는 택시를 타면서 잠을 자는데 오늘은 잠을 안 잔다. 집에 와서 '얼굴에 왜 붉은 자국이 있니?'를 '햇님이 반짝, 햇님이 반짝, 반짝 거려요' 음으로 하니, 얼굴을 가리키며 "여기는 친구" 머리를 가리키며 "여기는 씽씽카" 노래로 답한다. 친구랑 어떻게 하다 그랬냐고 묻지 못했다. 다치지 않아서 다행이다.

배가 고픈가 보다. 어린이집에서 볶음밥 두 수깔* 먹고 왔다더니, 더 먹고 싶은지 볶음밥을 해달라고 한다. (*숟가락의 사투리) 볶음밥을 주며 "무엇이 들어갔을까?" 하니, "호박, 당근, 양파, 새우요" 대답하며 애벌레는 배가 고픈지 혼자 퍼먹는다. 그리고 블루베리 주스를 달라더니, 한 컵을 다 마신다. 배가 아주 고팠나 보다.

책『추피 혼자 입어요』를 읽어주니, 졸린 표정이어서 침대 위에서 책을 읽어 주었다. 또 다른 책을 읽어 달란다.『잠자기 10분 전』,『모두 모두 나와라』두 권을 읽고 2시간 넘는 꿈나라 여행을 한다.

아침에 서진이가 어린이집 안 간다며 눈물을 보인다. 할머니랑 놀고 싶다고 한다. 차를 타고 가면서 구급차도 보고, 영동대교를 건너며 한강을 보자며 달래본다. 좋다고 하지 않는다. 어린이집 입구에서 빨간 열매를 달라고 한다. 빨간 열매는 없고, 길가에 보라색 라벤더 열매를 따서 주니 싫다고 한다. 문득 손목에 걸고 온 빨간 사탕 머리 끈을 보이니, 머리를 묶어 달라고 한다. 좋아하며 어린이집으로 들어갔다. 어제보다 덜 울고 적응하면 좋겠다.

『나는 좋아요』 책 내용에 동생을 본 형은 은물로 유모차, 젖병, 딸랑이를 만들었다. 그 책을 본 후, 블록으로 할머니가 침대를 만들고 젖병을 만들자, 서진이는 고양이를 데려와서 '냠냠 쪽쪽' 하란다. 그리고 서진이는 집을 만든다. 엄마, 아빠, 할머니, 할아버지, 고모, 고모부, 삼촌, 숙모, 어린이집 선생님, 친구들, 모두 모은다. 긴 기차, 짧은 기차를 만들어 물건을 싣고 가다. 여러 가지 색으로 건널목을 만들고 인형 친구들을 건너게 한다.

싱크대 놀이로 과일 야채를 넣고 요리한다. 요리를 레인지에 돌리더니, 접시가 크다고 작은 접시로 담아 돌린 후에 그릇에 담아 먹으라고 한다.

할머니는 한 상을 차리고 "서진아, 파티에 노래도 불러야지" 하니, "새콤달콤 토마토 누가 먹나요?" 노래를 불러 달라고 한다. '말놀이 음원 놀이' 음악을 들려주니, 노랫말 속의 인형, 곰, 고양이, 토끼를 가져온다. 온 방이 가득하다. 난리다. 그 속에 애벌레의 꿈이 꿈틀거린다. 한없는 놀이와 책 읽기는 애벌레의 꿈을 살찌우고 있다.

꿈이 있어 행복한 아이

아파트 안에 대추나무가 있다. 주렁주렁 달린 대추를 관리원 아저씨께서 한번 따준 적이 있다. 오늘은 다 털어 없는 대추나무를 보며 대추를 줍자고 한다. '없다! 어쩌지?' 서진이가 실망할 것 같아서 할머니는 걱정되었다. 주머니를 뒤져보니 토요일에 주운 대추가 있었다. 서진이 몰래 도토리 주울 때처럼 대추를 나무 밑에 던져 놓으니 좋아하며 펄쩍펄쩍 뛰고 웅크려 줍는다. 나무 밑 사이에 떨어진 것이 보이는지 몸을 낮추어 줍는다.

어린이집 서랍에 보관한다고 가지고 어린이집에 간다. 택시 안에서 대추를 달라고 해서 주머니에 손을 넣어 대추를 만지자, 서진이는 "할머니가 주머니에서 대추를 뒤적뒤적 꺼내요" 한다. 택시 운전사가 웃는다. '뒤적뒤적!' 단어가 하루하루가 다르게 늘어간다.

택시 대신 4일째 자가운전으로 하원한다. 운전 중에 "할머니 젤리 주세요" 한다. 하원 때 간식으로 젤리를 주었었다. 운전 중이라 "집에 가서 줄게, 안 가져왔어" 하니 말을 알아듣고 조용히 카시트에 앉아 눈을 껌뻑인다.

"서진아 점심 무엇 먹었니?" 물으니, "감자하고 먹었다" 하고 조용하다. 잠이 들었다. 안전 운행에 신경 쓰고 주차하고 나니 할머니는 땀을 삐질삐질 흘린다. 차에서 내리려고 하니 가방도 있고 잠자는 서진이를 보듬어 업고 6층 엘리베이터를 타지만 힘이 든다. 잠든 서진이 신을 벗기고 옷을 벗긴 다음 침대에 뉘려고 하니, "할머니 젤리 주세요" 한다. 집에 가면 젤리 먹을 걸 잊지 않았나 보다.

빨리 재우려고 낱개 몇 개를 주니 그대로 품에 안겨 자기에, '자겠지!' 했지만 인형 고양이를 안고 할머니를 안고 얼굴을 묻고 엄마 보고 싶다며 잠을 못 잔다. "안 자니?" 하자 "할머니! 젤리 더 주세요" 한다. "이제 없다"고 하니, 아쉬운 듯 다른 먹을 것을 찾는다. 낮잠도 못 자고 밥도 안 먹고 엄마가 보고 싶다며 칭얼대다 등에 업혀 저녁 일찍 잔다.

아침 등교 시 할머니가 가방을 메니 서진이도 가방을 메고 간단다. 할머니처럼 아기 때 가방을 메어 준다.

그동안 날씨가 추워져 목수건을 해 주었다. 오늘은 옷이 두툼해서 목수건을 안 해주었더니, 서진이도 할머니처럼 목수건을 해달라고 한다. 귀여운 서진이! 할머니처럼 하고 싶었나 보다.

할머니랑 애벌레 노래를 부른다.

"애벌레야 애벌레야 사과 줄게 빨강 다오

애벌레야 애벌레야 바나나 줄게 노랑 다오

애벌레야 애벌레야 오이 줄게 초록 다오

애벌레야 애벌레야 아이스크림 줄게 파랑 다오."

여기까지 노래다. 애벌레가 번데기가 되고 나비가 되어 나오는 책 중에 나오는 노래다. 무채색의 사과, 바나나, 오이, 아이스크림이 알록달록 애벌레에게 색을 얻고 싶어 부르는 노래다.

서진이가 동그라미를 그린다. 그다음은 무얼까? 하는 사이에 "애벌레야 애벌레야 귤 줄게 주황 다오 애벌레야 애벌레야 하늘 줄게 파랑 다오 애벌레야 애벌레야 솜사탕 줄게 하양 다오" 하며 또 다른 색깔을 기발하게 대입해 노래를 부른다.

상상할 수 없는 서진이의 세계다. 들어보면 대입이 맞지만 나는 생각하기 쉽지 않다. 색깔 속에 맛도 있고 냄새도 있고 과일도 있고 생각이 가득하다. 노래를 부르며 동그라미 그리며 색을 칠하니 알록달록 애벌레가 되었다.

"서진이 커서 무엇이 될래?"

"나비!"

꿈이 있어 행복한 아이다.

가을 서울숲아! 고맙다~

하원 후 서울숲에 갔다. 오색 단풍이 하루가 다르게 곱고 아름답다. 피는 꽃만큼이나 지는 잎도 아름답고, 물드는 오색 잎은 감탄의 함성을 자아낸다. 손을 잡고 입구까지 와서 서진이 손을 놓으니 막 달려간다.

도토리 열매를 주워 냇물에 퐁당퐁당 던지러 가려 했는데, 아쉽게 열매도 없고, 단풍잎만 우수수 떨어진다. 바스락 낙엽을 밟으며 냇가로 갔는데 물도 없다. 낚시한다고 긴 풀을 들고 며칠 전 추억을 안고 갔는데 물이 없다. 아쉬움에 물이 약간 있는 곳에 맥문동 까만 열매를 몇 개 퐁당 던진다.

넓은 잔디밭으로 갔다. 이른 봄 노오란 산수유꽃이 가을이 되니 빨갛게 익어 산수유 열매가 주렁주렁 달려 있다. "열매다" 하며 발견한 산수유를 나무에서 따고 싶은지 할머니에게 안으라 한다. 안아 따 보려 하지만 잎사귀만 따고 내렸다. 아쉬운 마음인가 보다. 나무 밑을 보니 산수유 열매가 빨갛게 떨어져 있었다. 열매 하나, 열매 둘, 열매 셋…… 하며 작은 손으로 줍는다. 얼마나 열심인지 한 줌 줍고 할머니 손에 넣고 또 줍는다.

잔디밭에 비둘기가 보인다. 산수유 열매를 비둘기에게 준다고 달려간다. "비둘기야 먹어라" 하며 던진다. 비둘기 한 마리가 와서 콕콕 먹는다. 그러자 또 손안에 있는 산수유 열매를 "비둘기야 먹어라" 하며 던지니, 어느덧 비둘기가 많이 모였다. 그러나 비둘기는 산수유를 먹지 않는다. 그래도 던지며 "비둘기야 먹어라" 한다. 모인 비둘기가 무섭다며 할머니에게 달려온다.

단풍을 밟으며 숲속에 이르러, 솔잎을 보며 "무엇이냐?" 하더니 '풀섶'이라 한다. '돼지 삼 형제'가 생각나는지 솔잎 한 줌 손에 쥐더니 집을 짓는다고 한다. 나뭇가지들이 여기저기 있는 것을 보더니 "또 준비됐네" 하면서 집을 짓는다고 한다.

돌 위에 파리가 앉았다 날았다 한다. "할머니 파리 잡아 주세요" 한다. 손으로 마주치며 잡는 시늉을 하자 재미가 난지 떠날 생각을 안 한다. 서울숲 '설레임 정원'을 걷는다.

나뭇잎을 보며 "열매가 어디 있어요?" 한다. "열매는 없고 병아리꽃나무가 있고 갈대가 있다"라고 하자 병아리꽃이 어디 있냐고 묻는다. 병아리꽃 옆으로 데리고 간다. 정원을 걸으며, 넘어질 뻔하면서도 마냥 즐겁다.

서울숲은 우리 서진이가 놀이하기에 너무 좋은 곳이다. 이야기책을 보고 머리에 남아 있는 생각을 끌어내 주기도 하고 놀이로도 이어주고 있다. 가을 서울숲아! 고맙다~

할머니 꿈이 뭐예요?

　서진이는 오늘도 『애벌레의 꿈』을 읽고 있다. 주인공 애벌레는 정서진, 무당벌레는 정선혜, 말벌은 할머니, 달팽이는 아빠란다. 선혜 퇴근 시간에 서진이가 말한다.

　"말벌아! 무당벌레 오면 우리 꼬리잡기하자" 한다. 무슨 소리인가 했다. 꼬리잡기는 책에 나오는 놀이다. 애벌레 꿈에 푹 빠져 푸른 잎사귀 채소도 잘 먹는다.

　서진이는 "할머니 꿈이 무엇이에요?" 한다. 꿈? 할머니는 생각을 못 해 보았다. "서진아, 너는 무엇이 되고 싶니?" 하니 "나비"란다. 서진아! 그럼, 밥도 잘 먹고 잠도 잘 자야겠다. 그래야 번데기에서 나비가 나오지!

　할머니 꿈이 무엇이냐고?
　꿈이 생겼다.
　예쁜 서진이와 함께 하려면 건강해야 한다고…….

애벌레야 잘 잤어?

혼자 책을 본다.

『악어야! 어서 나와』, 『탬버린을 찰찰찰』…… 등 책을 수북이 쌓아 놓고 읽는다. 제법이다. 글은 몰라도 그림으로 익히나 보다.

책 제목을 나보다 더 잘 안다. 단어도 나보다 더 많이 아는 거 같다. 집에 가려 하는데 방에서 가방 '가', 나무 '나', 자동차 '자'를 가르쳐 주지 않아도 혼자 읽고 있다.

오늘은 서진이가 "저가요" 한다.

애벌레 서진이가 "저가요" 예쁘고 예의 바르게 말을 한다.

책을 보다 땀을 흘리며 잠이 든다.

두 시간 이상 자고 서진이는 일어나며

"뿌지직~ 뿌지직~ 나비 되었네."

"애벌레야 잘 잤어?"

말벌 할머니는 애벌레를 안고 업어 주며 기분전환을 시킨다.

이제 '내일 아침'이 되었나 보다

"서진아! 언제 변기에 응가할 거야?" 하니 '내일'이라 한다.

언제부터인가 '내일 아침'이란다.

그래서 "오늘이 내일 아침이야?" 하니, "응가하면 할머니가 손뼉 박수칠 거야?" 말하면서 아직 기저귀를 찬다. '31개월이 가득 찼는데 언제나 내일 아침이 될까?'

서진이 강아지 인형을 '정 강아지'라 이름을 부른다. 정 강아지를 서진이 대신 변기에 앉힌다. 어린이집에서 변기에 용변을 보는 친구 이름을 댄다. 변기 앉는 연습을 하나 보다. 서진이는 초록 변기에 앉을 거란다. 마음의 준비를 하고 있나 보다.

아직 변기에 앉는 것이 부담되나 보다. "서진이는 아직 어려서 변기가 무섭다"라고 한다. 이런 말은 어디서 배운 거람?

"서진아, 기저귀 바꾸자" 하니,

"바닥은 딱딱해서 싫다고 소파에 눕는다"고 한다.

"작은 기저귀는 싫고 큰 기저귀 좋아" 한다

"큰 기저귀가 없다" 하니 장롱에서 어른같이 한 뭉치를 끌고 온다. 이렇게 자기표현을 하면서 기저귀를 아직 끊지 못한다.

명절 앞두고 변기에 팬티를 입은 채 졸졸 쉬를 시작하더니, 팬티를 벗고 쉬를 한다. 서진이 집에서 변도 보았다고 한다. 변기를 들고 우리 집에 왔다.

가족들이 모인 자리에서 '쉬'를 한다. 모두 박수를 하고 좋아하는 모습을 보고 서진이도 '와~~~~' 하며 좋아한다.

이제 '내일 아침'이 되었나 보다.

금세 숙모랑 친해져서 손을 잡고 작은방에서 문을 닫고 놀더니, 또 나와 소변에 집중한다.

'졸졸졸~~~~'

모두 좋아서 박수를 '짝짝' 하니 좋은지 방에서 나와 또 변기에 앉아 쉬를 한다. 재미나는가 보다. 네 살이 되니 나잇값을 시작했다. 서진이 다 컸다.

용변을 가린다고 칭찬했더니, 오늘은 할머니 설거지를 하는데 소변을 본다. 그러더니 의문이 생겼나 보다.

"할머니 오줌은 왜 나오나요?"

과일로 사과, 귤, 감, 채소로 숙주, 청경채 등 서진이가 오늘 먹은 거를 나열하며 먹은 것이 입에서 식도, 위, 소장, 대장에서 똥 그리고 오줌으로 나오는 거라고 설명하니 책을 통해 인체의 구조를 이해한 터라 쉽게 받아들였다.

"오줌은 왜 나와요?"

그림책을 본다. 소 발자국이 있고 똥 무더기가 있다.

서진이는 "이것이 무엇이에요?"

"소 발자국과 소의 똥이다."

"그럼, 소 오줌은 어디 있어요?"

"소 오줌은 어디 갔지? 안 보이네~"

오줌은 안 보인다. 그림을 관찰한다. 그림책에 그림으로 나타나지 않는 내용을 잘 찾아낸다. 다른 책에서도.

할머니가 화장실 가면 "나하고 놀자" 놀이하는데 서진이도 변기에 앉아 응가를 하니, 할머니와 대사가 바뀌었다.

"서진아, 놀자" 하면, "나 바빠! 지금 응가하는 중이야" 서진이는 말한다. 그리고 "할머니! 바빠가 무어예요?" 한다.

"서진이가 응가를 하니 할머니랑 놀 수 없다는 뜻이다"라고 설명을 해준다. 매일 질문이 쏟아진다. 할머니는 서진이에게 맞는 답을 해주기가 어렵다.

소변을 보고는 할머니 흉내로 변기를 비우고 닦아 끼우기까지 한다. 서툴지만, 하게 둔다. 보면 따라 하는 따라쟁이 서진이다.

혼자 용변을 가리니 의식되나 보다. 변기에 앉을 적마다 "할머니 소변은 왜 자꾸 나오는 거예요?" 한다. 언제까지 궁금할는지.

할머니 집에 갈 때 오토바이가 붕붕 소리 내는 걸 듣고, "왜 오토바이가 방귀를 뀌지?" 한다.

오늘 할머니 방귀 소리를 듣더니, "할머니가 오토바이야?" 한다. 서진이가 방귀를 뽕하고 소리 나서 "너가 오토바이야?" 하니 "물어보지 마세요" 한다.

화장실에 들어가면 불을 자꾸 끈다. '컹컹' 하며 "늑대가 나온다"라고 하니까 부엌에 있으면 부엌 불, 안방에 있으면 안방 불, 가는 그곳마다 불을 끄면서 "무엇 나와요?" 한다. "늑대~~~" 재미있는지 계속 불을 끈다. 일을 할 수 없다. 할머니도 꾀를 냈다. 좋아하는 고양이가 불을 끄면 "늑대 나타난다" 하니 얼른 불을 켠다. 귀엽다. 장난꾸러기다.

"할머니 똥 쌌어요" 한다.
"아이구! 팬티에 쌌나?" 하고 올라가 보니,
어른 변기에 앉아 똥 냄새를 풍기고 있었다.
예쁜 똥 쌌구나! 서진양 고양이!
혼자서 대변도 보고, 다 컸구나! 기특하여라!
칭찬해 주었다.

서진아, 같이 날자!

"할머니 꿈이 뭐예요?"

서진이의 세 번째 물음에, "나비와 함께 말벌 할머니가 되겠다"고 했다. 할머니도 꿈을 꾸기 위해 피아노를 치기로 결심했다. 나에게 꿈을 그려준 서진이.

"배 속에 아기가 자라고 있대요. 아기야! 무엇하니? 젖 먹고 있니? 놀고 있니? 오줌 싸고 있니? 똥 싸니?" 고양이의 배 속에 동생이 있다면서 조잘조잘한다. 배 속의 고양이도 서진이랑 같은 생활을 하는 걸로 상상하나 보다. 상상력을 발동하니 재미있다.

서진이에게 "꽃의 요정 공주님"이라고 부르니, "나는 고양이예요" 한다. 꿈이 있는 서진이 옆에서 할머니도 꿈을 꾼다. 하늘을 나는 나비와 함께 하늘을 나는 할머니 말벌이 되길 기도한다.

'나비와 함께 말벌이 되어 하늘 높이 나는 거라 했는데 어떻게 날지?' 육아 에세이를 쓰고 피아노를 치고 성경 묵상도 하고, 쉬는 날은 여행도 하자. 서진이와 한 약속이 있으니 꼭 하리라.

"서진아, 같이 날자!"

서진이는 배추흰나비가 되어 하늘을 날자

할머니 말벌도 나비와 함께 양동이를 들고 하늘을 날자

나비는 이쪽저쪽 꽃을 찾아 꽃가루를 나르고

말벌은 꽃을 찾아 꿀을 먹고

나비는 꽃가루를 옮겨 열매 맺고

말벌은 꿀을 모아 쪽쪽 꿀을 먹자

서진이는 열매를 아삭아삭

할머니 말벌은 쪽쪽 꿀 먹을 거야

서진아, 우리 꼭 꿈을 이루자!

너는 열매를 맺게 꽃을 찾고

나는 꿀을 찾아 꽃을 찾자!!

서진이랑 할머니는 꿈을 멋지게 꾸고 있다.

무슨 열매를 맺게 하는 나비가 될까?

어떤 꽃의 꿀을 뜨게 될까?

서진이랑 멋진 꿈 이야기를 전개했다.

행복한 할머니다!

멋진 꿈 꾸자!

애벌레와 말벌

서울숲에 가니 주스 먹고 싶다면서 매점으로 이끈다. 푸르고 예쁜 숲, 예쁜 새소리, 예쁜 함박꽃, 졸졸 흐르는 시냇물을 지나 수돗가 있는 곳에서 딸기우유를 먹는다.

할머니에게 안기며 "나비랑 벌은 사이좋은 친구예요."

나비는 서진이, 벌은 할머니.

"예쁜 새들이 날아가요."

서울숲 날아가는 새를 보며 조잘거린다.

언제나처럼 냇가로 갔다. 나무막대기를 찾아 낚시한단다.

"고기야~ 어디 있니?" 나뭇가지를 들고 언덕에서 미끄러져 엉덩방아를 찧으며 정신없이 "고기야~ 어디 갔니?" 하며 물가로 간다. 흐르는 나뭇잎을 건져 고기 잡았다며 돌 위에 얹는다. 언덕에서 둥그러지며 바지가 온통 흙투성이다. 냇가 끝 다리가 나오는 곳에서 멈추었다.

흔들다리를 건넌다. 흔들흔들 나도 무서운데 겁도 없이 건넌다. 건너고 또 건너고 세 번이나 건너서 물레방아 놀이터로 갔다. 힘들 것 같아 도와주려 하니, 네 살이라 혼자 할 수 있단다.

할머니가 물레방아를 돌려 물이 나오니 재미있어한다. 다시 자기 힘으로 한다고 애를 쓴다. 포크레인 놀이터로 갔다. 놀이기구를 움직이기에는 힘이 많이 든다. 그러나 해보고 싶어 힘을 쓴다.

집에 가자고 하니 집에 안 간다고 한다. "엄마가 오셨을까? 안 오셨을까?" 유도하여 집으로 온다. 오는 길에 화장실에 갔다.

소변은 안 하고 손을 씻는다며, "거품이 어디 있냐?" "비누가 어디 있냐?" "왜? 비누가 없냐?" 나사 빠진 마개를 보며 마개가 어디 있냐며, 손가락으로 비누 있는 곳을 향하여 "저게 비누 같다"라고도 한다. 어찌 말도 잘하는지, 질문이 많은지…….

가을에 도토리 줍던 장소에 오니 도토리를 찾는다. "왜 도토리가 없냐?" 한다. 아직 가을이 아니라 없다고 하니 모래 속에 도토리를 찾아 껍질을 벗기기도 하고 모래 속에 숨기기도 한다. 손에 든 도토리를 냇물에 던지는 기쁨도 누린다.

울컥 놀이

"서진이는 작으니 적은 것, 짧은 것 가져라!"

"할머니는 크니까 큰 것, 긴 것 가져요!"

할머니에게 각본을 만들어 배역을 하란다.

할머니는 하라는 대로 "서진아! 너는 작으니 적은 것, 짧은 것 가져라! 할머니는 크니까 큰 것, 긴 것 가질게" 하면 진짜로 울컥한다.

그러면 "할머니는 커서 큰 거, 긴 것 가져야 하지만, 서진이에게 양보할게" 하면 울음을 그친다. 그리고 다시 또 하란다.

연기자가 되려나? 각본까지 가지고 와서 날마다 "나랑 연기하자" 한다.

울컥 놀이가 계속된다. 나보고 눈물 흘리며 울라고 하면서 놀이를 하더니, 오늘은 자기 마음대로 안 된다고 울어 버린다. 울면 모든 것이 되는 줄 아는 걸까?

낮잠도 안 자고 맥포머스, 퍼즐, 인형 옷 입히기, 책 읽기 해도 잠을 안 잔다. 목욕까지 해도 안 자고 논다. 재우기가 어렵다. '지지배' 하고 자라고 하자 "지지배 아니고 고양이"란다. 씽씽카를 타고 한 바퀴 돌고 집에 오니 엄마가 보고 싶다고 또 운다. 울보가 되었다.

한 바퀴 돌고 고양이 집 자동차를 만들며 재미있게 논다. 할머니는 옆에서 퍼즐을 어렵게 맞추자, 서진이는 아직 맞추지 못한 꼬마 버스 42조각을 조잘거리며 척척 맞춘다. 할머니는 뽀로로 생일 62조각 맞추며 "서진이도 같이 맞추자! 간식 뭐 줄까?" 하니 사탕을 달라고 한다. 약속으로 사탕을 주니 또 척척 맞춘다. 오늘 울기도 많이 했지만 또 재미있는 하루였다.

어린이집 계단에서 엄마를 보았다고 하더니 엄마가 보고 싶다고 운다. 회사 어린이집에서 엄마를 보고 더 엄마가 더 보고 싶어 울었나 보다. 맞다! 서진이는 세상에서 엄마가 제일 좋겠지!

분홍 고양이

"간식 무엇 먹을래? 사탕 줄까? 젤리 줄까?" 하니 젤리를 달라고 한다. 젤리를 받아먹고 "할머니! 사탕 주세요" 한다. "사탕 없어" 하니 "그럼 왜? 사탕 줄까? 젤리 줄까? 해요?" 들켰다! 사탕을 안 줄 속셈으로 말하지만 "그럼 왜 사탕 먹을래? 젤리 먹을래?" 했냐고 따진다. 할머니의 말을 생각해시 듣는 서신이에게 깜짝 놀랐다. 오늘도 서진이에게 또 마음을 들켰다.

쉬를 한다고 화장실에 갔다. 할머니 부르기에 갔더니 대변도 보았다. 대변과 쉬를 혼자서도 잘한다.

서진이는 분홍 고양이라고 한다. 온 세상이 분홍이다. 색깔놀이 색칠하기에도 모두 분홍색이다. 행복한 색깔이 분홍색이라는데, 우리 서진이 마음에 분홍빛으로 물들어라!

언제 가을이 오나?

　35~36도를 넘나드는 여름 날씨다. 어린이집에도 못 가고 집에서 놀이가 너무 힘들다. 가방에 물, 주스, 과자, 간식을 메고 또 스케치북, 크레파스, 물, 수건을 들고 씽씽카를 타고 서울숲으로 간다. 씽씽카 타기가 처음에는 서투른 듯하더니, 2달간 매일 가다 보니 방향 전환 조절도 잘한다. 엉덩이에 근육도, 다리에 근육질과 검어지는 얼굴로 건강한 서진이가 되어 체력이 좋아졌다.

　현관문을 나서며 "안녕하세요?" 운동하는 할머니께 인사를 한다. 아파트 옆 꽃에 관심을 보이며 만지고 관찰하기도 한다. 민들레 홀씨를 '훅' 불어 날리는 즐거움과 예쁜 꽃은 엄마에게 '꽃다발 선물' 하겠다고 딴다.

　서울숲으로 가는 건널목을 건넌다. 초록 불이 켜지자 씽씽카를 타고 가면서 왼손을 들고 교통규칙을 지키며 간다. 건널목을 건너자, 할머니를 뒤로하고 씽씽카를 달린다. 방향도 속도도 조절을 잘한다. 하트그림이 있는 자리에 서며 두 손으로 하트를 한다. 서울숲에 도착하니 네 활개를 펴고 씽씽카를 달린다. 한발로 구르며, 때론 구르던 다른 한발을 번쩍 들고 묘기를 한다. 꽃을 보며 열매 앞에는 멈추어 열매를 주워 바구니에 담는다.

"언제 가을이 오나?"라며 바람에 떨어진 도토리를 줍는다. 알맹이가 없던 도토리가 어느덧 가끔 알맹이가 떨어지기도 한다. 도토리 모자를 벗기느라 집중하고 줍기에 집중하고 너무 재미있다. 녹색 열매가 어느덧 빨갛게 익어 바닥에 떨어졌다. 열매 줍기를 좋아하는 서진이는 씽씽카는 관심 없고 조그마한 손에 열매를 가득 모아 핼러윈 호박 바구니에 넣는다. 또 손에 가득 모은 도토리 냄새도 맡는다.

벤치에서 간식을 먹고 또 달린다. 시냇가에 이르자 시냇물이 졸졸졸 흐른다. 나뭇잎 배를 띄우고 지렁이를 발견하여 지렁이 잡기 놀이 등 물에 덤벙 들어가 여름의 시원함을 한껏 느낀다. 여름내내 시냇물은 서진이의 놀이터다. 시냇물 흐르는 냇가 옆에 운동 기구가 있다. 어른들이 운동하는 곳이라 위험하지만, 꼭 하고 싶어 하여 조심스레 운동기구를 체험한다. 철봉은 대롱대롱! 허리 돌리기, 걷기, 마사지, 거꾸로 매달리기, 물구나무서기도 한다.

벤치 옆에 나무 열매가 또 있으니 줍기를 멈추지 않는다. 싱싱하고 먹음직스럽고 탐스런 열매만 주우란다. 사람들이 넉넉하면 없던 시절을 잊기 쉬운 것처럼 서진이도 열매 한 알이 귀할 때는 눈곱만한 것도 줍더니…….

비가 와서 한참 만에 서울숲에 가니 숲 정원사들이 가지를 치고 놀이터가 줄로 쳐서 못 들어가게 되었다. 오솔길 큰 나무들 밑에 각색 꽃나무들이 심겨 있다.

오솔길처럼 길이 있어 서진이랑 '오솔길'이라 부른다. 나는 이쪽 서진이는 저쪽 길로 가서 나중에 둘이 만난다. 꽃을 보고, 나무를 보고 나비와 벌, 여러 벌레와 놀면서 거닌다. 너무 행복하다! 서진이의 모습이 사랑스럽고 자연이 아름답고 공기가 시원하다. 매일 이런 일상이 이어진다.

지나는 길에 운동기구를 만난다. 팔, 다리, 종아리, 허벅지, 마사지 운동기구…… 한 가지도 건너뛰지 않고 물구나무서기 기구는 꼭 체험한다. 다른 어른들이 하면 기다렸다가도 네 살 아기가 뒤로 넘어가기를 한다. 그리고 몸이 위험하니 수평만 유지한다. 몇 번을 하니 익숙해졌나 보다.

"파란 하늘도 보이고 나뭇잎도 보인다"고 한다. "또 무엇이 보이냐?" 하니 "구름도 나뭇가지도 나무줄기도 흔들리는 나뭇잎이 보인다"고 한다. 정말 무섭지 않은가보다. 세심히 관찰하는 서진이가 대견스럽다. 담대하게 잘 자라거라! 선혜는 운동기구는 위험하다고 옆에도 가지 말라 하였는데…… 안전하게 놀았다.

냇물을 따라가면 연못이 있다. 미나리 수풀을 이루고 소금쟁이, 물벌레들도 있다. 가만히 보니 우렁이 있다. 큰 것, 작은 것 또 새끼 우렁이들도 있다. 연못을 지날 때마다 물에서 건져주니, 그곳을 지날 때마다 우렁이를 건져 보여달라고 한다. 엄마 우렁이, 아빠 우렁이, 할머니, 할아버지, 고모, 고모부, 삼촌, 숙모 우렁이란다. 집에 올 때는 우렁이 집은 연못이니 연못에 넣는다.

날씨가 추워지니 우렁이도 안 보인다. 우리랑 많이 놀고 날씨가 추워지니 땅속 집으로 갔다고 하며 이동한다. 아쉬운 표정이지만 그곳을 지날 때면 "우렁이 어디 있냐?"고 찾는다. 내년에 또 보여 줘야지! 봄이 되면 개구리가 알을 낳고 올챙이 꼬물대면 우리 서진이에게 보여주어야겠다.

꽃들과 숲 사람들의 모습을 보고 마음의 집을 예쁘게 짓는 우리 아기다. 정말 높은 하늘을 나는 나비가 되어 할머니랑(말벌) 꿀통을 들고 꽃을 찾아 날자! 유익한 나비와 벌의 역할을 다하여 모든 이에게 유익한 사람이 되었으면 한다.

할머니는 '애벌레의 꿈'을 꼭 이루기를 기도한다. 『애벌레의 꿈』은 서진이가 어릴 때 보았던 소중한 책이다. 한 알에서 나온 애벌레는 아무거나 먹고 자랄 수 없다. 먹을 수 있는 것은 푸른 잎이다. 또 사랑과 보호, 관심, 보살핌이다.

"알에서 깨어났다고 모두 하늘을 나는 나비가 되는 건 아니다. 과정이 너무 소중하다."

우리 서진이는 책을 안 보고도 애벌레 이야기를 한다. 애벌레의 꿈 이야기를 하고 혼자 잎사귀에 남아 있는 애벌레의 외로운 마음도 읽는다. 이렇게 오늘도 애벌레는 예쁜 수국 꽃밭에서 높은 하늘을 날 때까지 예쁜 꿈을 꾼다.

음표 배우기

　오선을 그리고 도레미파솔라시도를 배운다. 줄 칸을 익히고 계이름을 익히고 음표를 배운다. 온음표 고양이 4마리를 세는 동안 노래를 부른다. 2분음표, 점2분음표, 4분음표를 배우고 오늘은 8분음표를 배웠다. 그다음은 9분음표는 어떻게 생겼냐고 궁금해한다. 9분음표는 없다고 하며 8분음표 반 박자를 고양이 얼굴 반쪽으로 눈 하나, 귀 하나 달고 그림을 그리니 우습다며 재미난다고 한다.

　인형 토끼도 함께 배우자 하니 경쟁자인 양 열심히 대답하며 승부수를 둔다. 어찌나 똑똑히 대답을 잘하던지 웃음이 나왔다.

　그리고 "우리 서진이 잘한다" 하니 선물로 마이쭈 캔디를 달라고 한다. 마이쭈를 주니 더 재미나는가 보다.

　피아노 건반을 배운다. 도레미파솔까지만 가르치려 했는데 손가락을 바꾸어 도레미파솔라시도까지 배웠다. 가르치면 잘 배울 것 같다. 유아 피아노 교본을 준비해야겠다.

참 잘했어요

아침을 빵으로 먹으니 시간 절약이 됐다. 아침 등교 전 15분 공부를 하는데 시간이 많아 40분가량 했다. 한글 획순을 쓰는데 '참 잘했어요' 도장을 찍어 주니 아주 잘한다. 유치원 쓰기 숙제도 손에 힘이 있고 숙달되게 쓴다.

'수학이 좋아' 여러 문제를 푼다. 10에 낱개 +문제를 푼다. 그중 13+5=18 문제를 풀더니, 2로 나누기도 하고 빼기도 한다.

수를 놓고 적은 수, 많은 수 부등호를 쓴다. 놀랍다!

등원 시 기다리면서 줍는 걸 좋아해서 떨어진 빨강 가막살이 열매를 매일 줍는다. 주운 열매로 수놀이를 하자면서 + - 놀이를 한다. 마지막 "16개가 있는데 4개를 더하면 몇 개냐?" 하니 "20"이란다. 스스로 깨쳤다. 20, 30……도 다 할 수 있겠다.

문제를 만드는 지혜가 놀랍다. 놀이하고 유치원에 가져가면 안 된다는 규칙을 알아서 아침에 주운 열매를 할머니 주머니에 넣고 간다.

제2장

서진이 애벌레는
할머니와 노래해요

잠을 잔다기에 노래를 불러 준다.

"할아버지 지고 가는 나무 지게에
활짝 핀 진달래가 꽂혔습니다.
나비가 나폴 나폴 날아와
진달래 꽃잎에 쌔근쌔근 잠자고
개나리꽃에도 날아와
노란 꽃잎에서 잠잔다."

꽃 이름을 부르며 노래를 하자 까르르 웃는다.

"나폴 나폴 나비가 날아와
진달래 꽃잎에 쌔근쌔근 잠자요."

서진이는 따라 노래한다.
계속 노래를 부르니
"나폴 나폴 나비가 날아와
장미 꽃잎에 쌔근쌔근 잠자요."
잠은 안 자고 또 따라 한다.

"늑대 온대 서진아~~" 하니
어느새 나비처럼 두 손을 포개고 천사처럼 잠든다.

베란다 봄 동산

작년 가을 베란다 화분에 청경채 씨앗을 뿌렸다. 겨울에 죽지 않고 살아난 청경채는 따스한 창가의 봄볕을 받고 꽃봉오리를 맺더니, 하나둘 꽃이 피기 시작한다. 코로나19로 밖에 나가지 못하는 서진이와 할머니다.

선혜가 출근하면 베란다는 작은 봄 동산이 되어 봄놀이를 즐긴다. 베란다에 소풍 나와 간식도 먹고 인형 고양이랑 놀고 코끼리 놀이를 한다. 베란다 봄 동산에서 노래를 불러주었다.

"봄 봄 봄 봄 봄이 왔어요.
서진이 집에 봄이 왔어요.
봄 봄 봄 봄 봄이 왔어요.
서진이 집에 봄이 왔어요!"

서진이 노래가 되었다.

노래를 부르다 꽃 옆에 떨어진 떡잎을 손으로 건지며 "낙엽! 낙엽!"이라며 할머니에게 보인다. 그리고 하늘에서 낙엽이 떨어집니다. 하늘에서 낙엽이 떨어집니다.

'우수수수~~~~~~~~'

문화센터에서 배운 율동과 노래를 한다.

곰 세 마리 노래도 한다.

"곰 세 마리 한집에 있어
엄마 곰, 아빠 곰, 아기 곰
아빠 곰은 뚱뚱해
엄마 곰은 날씬해
아기 곰은 너무 귀여워
으쓱으쓱 잘한다."

베란다 봄 동산은 서진이 무대가 되었다. 봄이 다 지나고 열매가 맺히기까지, 밖에 나가지 못하는 우리에게 멋진 무대가 되었다. 서진이 무대 의상은 엄마의 티셔츠다.

애벌레 노래

"핑크 할머니! 놀자~ 고양이 퍼즐 만들자" 한다.
퍼즐 맞추기 어려우니까 떼를 쓴다.
핑크 할머니와 힘 모아 퍼즐 맞추니 신난다고 한다.

할머니 옷 색깔 따라 이름을 불러준다.
"핑크 할머니."
"녹색 할머니."
"검정 할머니."
"조끼 할머니."
"예쁜 할머니."
……
내 이름은 몇 개 더 늘어날까?

주황색 찰흙을 보고 "귤 만들자" 하더니 "잎도 만들자" 한다.
주황색, 녹색 주물러서 햄버거 만드니,

"알록달록 무지개떡도 만들자" 한다.
"주물 송편 만들자" 한다.
콩, 깨, 쑥, 꿀…… 맛난 속을 넣는다.

"주물럭 주물
할머니 오색 떡."

"다시 주무르니
아기 발바닥 떡
아기 손가락 떡
되었다네~~"

읽은 책 내용을 놀이로 한다.

"우리 아기 이름 어떻게 불러 줄까?
일곱 색깔 무지개 꽃이라 불러 줄까?"
"꿈 덩어리, 까고 까고 파고 파면 맑고 맑은 샘물~~"

저녁이 되어 목욕을 하고 줄무늬 티셔츠 입고 나오니,
'줄무늬 할머니'라고 한다.
……
또 이름 하나 선물을 받았다.

애벌레 먹이

어린이집 가려고 택시를 탔다.
한강 변을 지나는데 택시 기사님을 가리키며,
"아저씨 저기를 보세요. 시냇물이 흐르고 있어요."
택시 기사님이 웃는다.

귀여운 애벌레는 한강을 지나며 노래를 부른다.
"냇물아 흘러 흘러 어디로 가니,
강물 따라 가고 싶어 강으로 간다.
강물아 흘러 흘러 어디로 가니,
넓은 바다 가고 싶어 바다로 간다."
2절까지 부른다.

서울숲 냇가를 지나면서 가르쳐준 노래를 한강 물을 보고 노래
한다. 가르쳐준 것을 상황에 맞추어 노래를 부르는 애벌레……
오늘은, 먹이로 무엇을 줄까?

나뭇잎 배

택시를 타고 서울숲으로 간다. 어린이집에서 더 놀고 싶은 아쉬움이 있는 것 같아서다. 서진이가 하원할 때마다 주는 젤리를 생각했는지 "할머니! 간식 먹어요" 한다. 기사님이 "할아버지도 줄래?" 하니 '나중'에 준다고 한다.

"나중이란 말은 어디서 배웠을까?"

할머니가 그랬다고 한다.

시냇물이 흐르는 냇가에 갔다. 손에 들었던 도토리, 딸 나무 열매를 흐르는 냇물에 힘차게 던진다. 퐁당퐁당 돌을 누나 몰래 던지듯, 열매가 다 없어지도록 던진다. 물속에 떨어지며 퐁퐁하는 것이 재미난 모양이다. 냇가를 거닐며 나는 단풍잎으로 나뭇잎 배를 띄워 보내며 노래를 불러 준다.

"낮에 놀다 두고 온 나뭇잎 배는
엄마 곁에 누워도 생각이 난다.

푸른 달과 흰 구름 둥실 떠가는
연못에서 살살 떠다니겠지.”

그 사이에 서진이는 주변 나뭇잎, 풀잎도 물 위에 던진다. 손에 흙이 묻는다. 흐르는 물에 손을 담그니 씻겨 흐른다. 신기하고 재미있는지 흙을 손에 묻히고 자꾸 흐르는 물에 담근다. 장소를 옮겨 징검다리를 건너며 긴 풀을 꺾는다. 낚시한단다.

“고기가 모두 어디 갔지?”

고기를 찾지만 없다. 얕은 시냇물이지만 빠질 것 같았다. 그만 집에 가자고 길가로 올라왔다. “더 놀고 싶다”고 “집에 안 간다”고 할머니를 냇가로 손을 잡아끈다.

얼마나 재밌어 그럴까 싶어, 다시 징검다리에 내려갔다. 손을 길게 뻗어 긴 풀로 낚싯대를 다시 만들어 낚시한다고, 물속에서 썩은 나뭇가지를 건져서 할머니에게 건네며 낚시하란다. 할머니도 낚시꾼이 되어 오지 않는 고기를 기다렸다.

낙엽이 한잎 두잎 밟힐 만큼 떨어지니 바스락바스락 소리가 난다. 서진이랑 둘이 걷는다.

“서진아 낙엽 밟는 소리 어떤 소리가 나니?” 물으니,

‘바스락바스락’이란다.

엄마 낙엽, 아빠 낙엽, 할머니 낙엽, 온 식구 이름을 부르며 낙엽을 줍는다. 즐거운 숲 체험을 하였다.

냇물아 퍼져라

어제처럼 서울숲에 왔다. 비둘기 밥을 준다고 차 안에서부터 자꾸 말한다. 어제처럼 빵을 가지고 갔는데 비둘기가 없다.

"어디 갔지?" 비둘기를 찾아 두리번거린다. 저 너머에 있다. 서진이가 달려가 빵조각을 주니 비둘기가 한 마리 두 마리 몰려온다. 멀리까지 안 가도 여러 마리의 비둘기와 '깍깍' 까치도 몰려온다. 모두 던져 주니 빵조각이 없다. 가져온 땅콩, 호두를 서진이 손에 쪼개어 쥐여주니 던진다. 먹이를 먹은 후 비둘기, 까치는 멀리 날아간다. 어제처럼 열매를 주우러 가자고 한다. 도토리, 딸 나무 열매를 찾는다. 없으면 어쩌나 했는데 빛바랜 빨간 열매와 도토리가 보였다.

냇가에서,
"퐁당퐁당 돌을 던지자,
누나 몰래 돌을 던지자.
냇물이 퍼져라, 멀리멀리 퍼져라.

건너편에 앉아서, 나물을 씻는

우리 누나 손등을 간질여 주어라.”

노래 부르며 열매를 던지고 집에 오려는데 냇물에 손을 담근다. 징검다리를 그냥 지나오려는데 재미있다고 안 오려 한다. 좋아하는 젤리를 입에 넣어 집으로 유인하지만, 젤리가 입에서 녹으면서 있고 뒷걸음쳐 멀리 달아난다.

그다음 올 때까지 서 있으니, 할머니보고 막 뛰어온다. 낙엽을 ‘바스락바스락’ 밟으며 손잡고 가을을 맘껏 즐기고 집에 온다. 힘들었는지 할머니 품에 안으라고 한다. “가방에 크레파스, 화첩이 있어 안을 수 없다” 하니 걷는다. 힘이 드는가 보다. 가방을 멘 채 가방 위에 서진이를 업는다. 할머니 힘들거나 말거나…… 집에 와서 목욕 후 블록 놀이를 하는데 잠이 오는 얼굴이다.

자자고 했더니 놀던 블록 자동차, 접시 등을 안고 침대에 올라, 『똥을 잘 누고 싶어』 책을 읽어 달라고 한다. 한번 읽으니 또 읽어 달라고 한다. 읽고 난 후 “상한 음식이 무엇이냐?” 묻는다. 31개월 아기에게 설명이 어렵다.

그림을 가리킨다. 기름진 음식, 피자, 튀긴 닭고기 얼음물을…… 많이 먹으면 배가 아프다고 책에 나온다. 설명은 못 해도 그림을 가리킨다.

잠이 오는지 할머니 품에 얼굴을 묻고 잠이 든다.

우리 아기 예쁜 꿈 꾸어라.

콩고물로 팥고물로 화장을 하고

아침 어린이집 갈 준비를 하며 로션을 바른다.
재미있게 바르는 시간을 만들려고 할머니가 노래를 부른다.

"하얀 인절미가 시집을 갈 적에
콩고물로 팥고물로 화장을 하고
빨간 쟁반 위에 올라앉아서
어서 가자, 어서 가자 시집을 가자" 하며
연지 곤지를 찍고 로션을 골고루 바른다.

　할머니! 오늘은 주황, 노랑, 초록, 연두, 검정, 각종 색깔 쟁반으로 빨간색을 대신해서 불러달라고 한다.
　서진이는 대입 왕이다.

씨, 씨, 씨를 뿌리고

색종이 오린 것을 휙 뿌린다.

바닥이 밭이란다.

"씨, 씨, 씨를 뿌리고 꼭꼭 물을 주었죠.

하룻밤, 이틀 밤, 쉿 쉿 쉿……

뽀드득 뽀드득 뽀드득~ 싹이 났어요."

싹 대신 오이, 고추…… 등으로 대입한다.

힘차게 노래를 부른다.

주전자는 물뿌리개, 장난감 후추 병은 씨, 바구니는 밭.

온 거실이 서진이 놀이터로 범벅이 되었다.

맘껏 놀았다. 할머니도 현장감 있고 재미났다.

쥐야 쥐야

'쥐야 쥐야'를 유튜브를 보고 가르쳐 주었더니 매일 하잔다.
"쥐야 쥐야 어디에서 자니?"
"부엌에서 잔다."
"무얼 덮고 자니?"
"행주 덮고 잔다."
"무얼 베고 자니?"
"젓가락 베고 잔다."
"누가 깨물더냐?"
"고양이가 깨문다."
"무슨 피가 나니?"
"빨간 피가 난다."

토, 일요일 쉬고 갔는데 다리를 쭉 펴고 등에 대어 몸동작까지 한다. 밥 먹을 때마다 하잔다. 깔깔깔 웃음도 찰지다. 한동안 이어질 것이다.

서산 넘어 해님이

낮잠을 자고 5시에 일어나니 해가 지기 시작한다.

"서산 넘어 해님이 숨바꼭질 할 때에
수풀 속에 별 하나가 반짝반짝 빛나요."

노래를 가르쳐 주었다.
저녁 시간만 되면 베란다 노을을 보며
이 노래를 불러달라고 한다.

"서산 넘어 해님이 숨바꼭질 할 때에
수풀속에 별 하나가 반짝반짝 빛나요."

오늘도 엄마를 기다리며 부른다.
해가 지면 엄마가 오니까~

할머니와 예쁜 우리 아기 노래!

"어하둥둥 요개 누구여?"
"우리 예쁜 애기~"
"어하둥둥 응가 냄새~"
"예쁜 똥이네~"
하하하 호호호 예쁜 우리 아기!

저녁에 집에 오려면 장난을 친다고 핸드폰을 감춘다.
"서진아! 어서 가져오렴!" 해도 계속 장난을 친다.
그리고 서진이는 "선혜야! 핸드폰 가져와" 하며 할머니가 하는
소리를 흉내 낸다.
이 귀염둥이! 이렇게 즐겁고 재미난 하루를 보낸다.

눈 오는 날

할머니가 노래를 불러 준다.
"펄펄 눈이 옵니다.
하늘에서 눈이 옵니다.
하늘나라 선녀님들이
송이송이 하얀 눈을
자꾸자꾸 뿌려줍니다."
눈이 와서 좋은지 자꾸 불러 달라고 한다.
그러더니,
"선녀님이 누구야?"
"하늘나라 착한 사람이지."
"그럼, 서진이 선녀님, 엄마 선녀님, 할머니 선녀님" 하더니 동
물 이름이 다 나온다.
　선녀님이 점점 많아진다.
　고양이, 토끼, 강아지, 펭귄, 생쥐……
　할아버지, 할머니, 엄마, 아빠, 고모, 고모부, 삼촌, 숙모……

선녀님이 얼마나 많은지 셀 수가 없다. 눈 오는 날에 이렇게 많은 선녀님들이 있는 줄 서진이에게 배운다.

"펄펄 눈이 옵니다.
하늘에서 눈이 옵니다.
하늘나라 '서진 선녀님이'
송이송이 하얀 눈을
자꾸자꾸 뿌려줍니다."

선녀님 이름을 대입해 부른다.
하얀 눈을 많은 선녀님들과 뿌리는 동안
온 세상이 하얀 나라가 되었다.
우리 서진이의 마음은 어떤 마음일까?
선녀님같이 나누는 마음, 자꾸자꾸 모두에게 뿌려주는 아름다운 마음, 서진이와 모든 사람들의 마음이면 좋겠다!

고양이 강아지 찍찍이 합창

"할머니! 개 좋아해요?"
"응."
"서진이는 무얼 좋아해?"
"나는 고양이가 좋아."
그러더니 노래를 부른다.

"달랑 달랑 달랑 달랑 달랑 달랑 바둑이 방울 잘도 울린다.
학교 길에 마중 나가서 반갑다고 꼬리치며 따라온다.
달랑 달랑 달랑 달랑 달랑 달랑 바둑이 방울 잘도 울린다."

바둑이를 고양이로 한참 대입해 부르더니
할머니는 강아지 좋아하니 '왈왈왈' 하란다.
서진이는 고양이를 좋아하니 '야옹야옹' 한다고.
둘이 합창을 한다.

"야옹 야옹 야옹 야옹 야옹 야옹 고양이 방울 잘도 울린다.
왈왈 왈왈 왈왈 왈왈 왈왈 왈왈 바둑이 방울 잘도 울린다."
우리 서진이가 편집한 합창곡, 재미난 합창곡을 연주했다.

저녁이 되자, 선혜가 왔다. 저녁 식사를 하며 이번에는, 서진이
는 고양이 야옹 야옹, 할머니는 강아지 왈왈왈, 선혜는 쥐로 찍찍
찍으로 또 합창을 하자고 한다. 야옹 야옹, 왈왈, 찍찍 섞어 합창
을 한다. 웃음바다가 되었다. 하룻밤을 지나니 온 동물이 다 등장
한다. 바둑이만 반갑다고 꼬리치는 게 아니라 이렇게 많은 동물
이 꼬리치며 반기는 걸 상상하는 서진이의 상상력이 모든 것이 가
능함을 인정하는 긍정의 힘이 되길 기도한다. 상상력이 대단하다.
밤에 자다 웃음보가 터졌다. 새벽 4시에 자다 말고 기록한다.

명절이 되어 가족이 다 모였으니, 노래를 하잔다. 단원이 많다.
서진이 야옹, 할머니 왈왈, 엄마 찍찍, 아빠 달팽이, 숙모 벌, 삼촌
비둘기.
'달랑 달랑 달랑 달랑 달랑 달랑 바둑이 방울' 대입해,
'야옹 야옹 왈왈 찍찍 슬금슬금 붕붕붕 구구구.'
재미나고 즐겁다. 재미난다고 "다시 한번~~~" 마냥 즐겁다.
서진이가 주도적으로 이끈 첫 번째 합창으로 행복하다.
아기가 있는 명절은 즐겁다. 우리 서진이 대단해요!!

어젯밤 꿈속에

"어떤 비행기가 좋냐"고 이야기하다가 옛날에 부르던 노래를 불러 주었다.

"선생님, 선생님 안녕하세요. 어젯밤 꿈에는 비행기 타고 구름 속 꿈나라 토끼 나라로 선생님 모시고 놀러 갔대요."

몇 번을 듣더니,

"서진아~ 서진아~ 안녕 안녕, 어젯밤 꿈속에 비행기 타고, 구름 속 달나라 토끼 나라로 서진이 데리고 랄랄 놀러 갔대요."

(곰, 펭귄, 염소, 사슴…… 온갖 동물로 도입)

이렇게 서진이가 편집해서 같이 부른다.

달나라에 모두 모두 살 수 있다는 서진이 상상력으로 할머니를 일깨워 준다. 노랫말로 토끼가 있다기에 그냥 부르는 노래에 우리 서진이는 이런 깊은 의미를 부여한다.

서진이는 달나라에 꼭 가길 바란다.

바다 바다 수월래

"바다 바다 수월래" 하며, 방방을 내 손을 잡고 뛴다.

"강~강 수월래~ 바다 바다 수월래~ 냇물 냇물 수월래~"
무슨 노래인가 했더니, "강~강 수월래"가 강을 바다로 생각하여 대입했나 보다. 그럴듯한 노래를 서진이가 또 편집하였다.

야옹야옹 왈왈 부르다가 '창밖을 보라' 노래를 가르쳐 주었다.

"창밖을 보라 창밖을 보라 흰 눈이 내린다.
창밖을 보라 창밖을 보라 흰 눈이 내린다."
재미가 나는지 자꾸 부르라더니 노래를 만든다.
눈을 바라보며 노래부른다.
"눈을 보라 눈을 보라 샛~별 같다
눈을 보라 눈을 보라 반짝~ 반짝~"
또 코, 귀를 가리키고, 머리, 어깨, 다리를 넣어서 노래 부른다.

36개월 서진이 시

서진이는 새 옷이 좋았나 보다.
할머니에게 이야기한다.

"나비가 서진이 바지에 앉으면 무엇이 되나요?"
"나비 바지."
"나비가 서진이 티셔츠에 앉으면 무엇이 되나요?"
"나비 티셔츠."
묻고 대답한다.
나비가 꿈이라 나비 바지, 나비 티셔츠를 상상하나 보다.

봄이 되어 꽃이 피니,
'할아버지 지고 가는 나무 지게' 노래를 가르쳐 주었다.

어제 엄마가 사준 검정 바탕에 노란 꽃무늬 운동화와
살구색 원피스를 입으니 좋은가보다.

그런데 어린이집에서 나오면서 넘어지려 하니,
할머니가 가르쳐준 노래 음으로 노래를 만들어 부른다.

"서진이가 꽃밭에 넘어졌는데,
나비 한 마리가 날아와서,
서진이 어깨 위에 앉았네.
서진이가 꽃밭에서 넘어졌는데,
나비 한 마리가 날아왔어요.
서진이의 신발 위에 꽃이 피었어요."

발레 6번째 시간이다. BINGO 음악이 나오면 할머니랑 손을 마주 잡고 스트레칭을 하여야 한다. 그러나 서진이는 할머니 손도 안 잡고 등 뒤에서 빙빙 돈다. 다른 친구들은 엄마랑 손을 잡고 즐겁게 하는데 속이 좀 상하기도 하다.
"할머니가 싫어?" 물으니 서진이는 고양이를 좋아하는데 강아지(BINGO)라 해서 안 했단다.
"CAT 고양이, CAT 고양이, 그 이름 고양이."
고양이 노래를 불러 주니 할머니랑 손을 잡고 스트레칭한다.
고양이가 세상에서 제일 좋단다.
"야옹야옹~ 옹이야~~~ 야옹아~~~"
부르면 너무 좋아한다. 꿈은 나비지만……

할머니가 집으로 오려고 나서면,
서진이는 "옹이야 ~안녕!"
할머니도 "양이야~ 안녕!" 인사를 한다.
할머니는 "양이야~ 예쁜 꿈 꾸어라."
서진이도 "옹이야~ 안녕!" 인사를 한다.
서진이는 이름이 양양이고 할머니는 옹이다.

그림을 그리며 가르쳐준 노래다.

"나는 나는 갈 테야.
연못으로 갈 테야.
동그라미 그리려
연못으로 갈 테야."

오늘 이 노래를 부르자, 책 속에 연못을 보며 노래를 불렀는데 아주 재미있어했다. 기억이 나는지 그때 그림책 어디 있냐고 찾는다. 서진이의 추억이 있는 모든 것을 잘 간직해 주어야겠다.

할머니 얼굴을 쳐다보더니

"얼굴 보라 얼굴 보라
파리가 깨물었다
얼굴 보라 얼굴 보라
부엉이가 쪼았다."
할머니 얼굴을 보고 부른 노래에 웃음이 절로 나왔다.
할머니 주근깨를 보며……

"할머니 혼자니?"
"딸은 상혁이랑 살고."
"삼촌 아들은 숙모랑 살고."
"혼자니?"
"내가 놀아 주면 외롭지 않지?"
종알 종알 서진이……

울 아버지 '장'에 가실 때

자전거를 타면서 노래를 부른다.

"따르릉따르릉 비켜 가세요.
자전거가 나갑니다.
따 르 르 르 릉
저기 가는 저 노인 꼬부랑 노인
우물쭈물하다가는 큰일 납니다."

"할머니 '우물쭈물'이 뭐예요?
"'큰일'이 무엇이에요?"
"자전거 노래가 몇 개 있어요?"
몇 절까지 있나 물어보는 것 같다.

"따르릉따르릉 이 자전거는
울 아버지 장에 갔다 돌아오실 때

따르릉따르릉 이 자전거로
쪼르르 타고 온대요."

　노래를 부르니, "'장'이 무엇이에요?" 마트라 하니, '울 아버지'
대신 '우리 엄마, 우리 할머니'를 넣어 불러달라고 한다. 자전거
타고 엄마도 할머니도 장에 갈 수 있다고 생각하는가 보다. 재미
있어라. 할머니가 '우물쭈물' 바른길을 가지 못하면 '큰일' 난다고
설명한다.

　연일 하원 길에 자전거 노래를 부르란다. 어제 차 안에서 부른
노래가 재미있었나 보다. 울 아버지 대신에 고양이, 비둘기, 강아
지, 무당벌레, 달팽이, 송아지, 염소…… 등 동물, 곤충 이름을 대
며 불러달라고 한다. 할머니가 대응해 모두 불러주니 대치동 어린
이집에서 한강 영동대교 넘어 성수동까지 왔다.

핑나집 수국꽃밭

핑나집을 나오면 넓은 잔디밭과 공원 벤치가 있다. 도토리나무가 무성하니 오래된 듯하나 도토리 알이 아주 작다. 여름 바람에 떨어질 때는 도토리를 찾고 찾더니, 가을이 무르익어 우수수 많이 떨어져 있으니, 알맹이만 줍는다. 또 모자 쓴 도토리를 주워 깍지 벗기기에 집중한다. 줍기를 마치고 호수 주변 벤치에서 간식을 먹고 사과 과자를 봉투에서 내어 주면서 다 먹고 과자봉지에 도토리 알을 담자고 하니 서진이 생각에는 무척 재미나는지 찰지게 깔깔깔깔 웃는다. 깔깔 웃고 또 깔깔 웃는다. 과자봉지에 도토리를 담으라는 것이 그렇게 웃음이 나올까? 과자봉지에 과자만 담는 줄 알았는데 새로운 걸 발견했나 보다. 과자봉지에 도토리 알을 담으면서 깔깔대고 또 웃고 웃음이 끝이 없다.

벤치에 앉아 그림을 그리고 또 그린다. 놀이터에 갔을 때 10살 되어 보이는 언니가 그림을 그리는 걸 보았다. 전에도 그림 준비를 하고 갔지만 언니를 만난 이후 서울숲에 갈 때는 스케치북과

크레파스를 준비하여 그림을 그린다. 나중에 그림을 그리라고 언니가 연필도 주었었다.

본 대로 느낀 대로 그린 그림은 서진이에게 물으면 표현을 알 수 있다. 아무도 알 수 없는 그림이지만 할머니랑 서진이만 알 수 있는 색깔 그림을 표현한다. 마음속 머릿속에 있는 모든 것이 총동원되어 도화지에 토한다. 할아버지, 할머니 등 가족들이 좋아하는 음료수를 색깔과 모양으로 표현한다. 한가지라도 서진이 앞에 생각하지 않고 하면 안 되는 것을 그림으로 느낀다.

아직은 다 모르고, 알아가는 시기여서 잘못된 부분을 수정하면 바로 수정되는 서진이! 할머니 보고 "너는 이미 하였잖아. 너는 이랬잖아?" 한다. 너무 귀엽고 사랑스럽다! 나는 두 사람만 있다면 평생 이렇게 말해도 좋겠다. 하지만 세상에는 말의 예의가 있어 가르친다.

친구끼리는 "너, 나 하지만 어른한테는 너라고 하면 안 된다. 엄마, 아빠, 할머니, 할아버지 호칭을 붙여 부르는 거다"라고 가르치지만, 또 "할머니! 너는 옥수수 먹고 싶니?" 한다. 정말 귀엽고 예쁘다! 평생 이렇게 살면 좋겠다!

그림을 그리다가 화첩 공간 백지가 없다고 서럽게 운다. 달랠 길이 없다. 화첩 두 장 남아서 그냥 가져왔더니 부족했다. 서럽게 우니, 옆에 있던 아주머니께서 "옥수수 먹을래?" 하니 "네" 하며 넙죽 받아와서 울음을 그쳤다. 옥수수를 먹으며 할머니는 노래를 부른다.

"우리 아기 불고 노는 하모니카는
옥수수를 가지고서 만들었어요.
옥수수 알 길게 두 줄 남겨가지고
우리 아기 하모니카 불고 있어요.
도레미파솔라시도 소리가 안 나
도미솔도도솔미도 말로 하지요."

"할머니 옥수수 길게 두 줄이 뭐예요?" 물으며 계속 노래를 불러달라고 한다. 부르면 또 부르라 하고 재미있나 보다!

배우려고 그러는 것 같다. 어린이집에서도 노래를 가르쳐 주면 선생님께 자꾸 불러달라고 한다. 어느덧 서진이랑 같이 노래를 부르다 서진이는 모두 배웠다. 참 재미있다. 동그라미 그리다가 엄마, 아빠, 서진이를 그린다. 서로 붙은 각색의 동그라미가 예쁜 고기도 되었다.

공원 벤치는 서진이의 아름다운 추억이 남아 있을 것이다. 아름다운 나비의 꿈이 이루어지길 할머니는 기도할 것이다.

해님이 방긋 솟아오르면

서울숲 호숫가로 씽씽카는 달린다. 열매만 있으면 씽씽카는 나 몰라라. 녹색 보라색 각종 열매 줍기에 바쁘다. 오늘은 나뭇가지에 붙은 열매를 따고도 싶은가 보다.

"다른 사람도 봐야 하니 안 된다" 하니 땅에 떨어진 열매만 줍는다. 호수를 따라 동그랗게 길을 오다 보면 때 이른 잎사귀들이 가을 낙엽처럼 떨어져 있다.

작년 가을 단풍잎을 머리 위로 날리던 기억이 나는지 '하늘에서 낙엽이 떨어집니다' 노래를 부르며 머리에 낙엽을 흩날린다. 깨끗한 낙엽은 아니지만 나도 나뭇잎을 흩날리고 싶다. 할 수 있는 모든 것을 대자연에서 자유롭게 표현한다는 것이 서진이의 행복이고 애벌레의 먹이가 아닐까? 무럭무럭 건강하게 이 세상을 느끼며 멋진 나비가 되거라.

뒤뚱뒤뚱 걷는 오리 물 위를 둥둥 떠다닌다. 흐르는 물 위를 나는 오리를 본다. 오리의 변화를 바라본다. 35~36도를 오르내리는 여름이지만, 비가 오지 않으면 매일 이곳에 와서 자연을 체험시키는 것이 보람이다. 나무껍질도 벗겨 보고 매미마다 다른 울음소리도, 새들의 다른 울음소리도 듣고 새들의 이름과 나무의 이름, 곤충의 이름을 알아간다. 어느덧 숲의 친구가 되었다. 허물 벗은 매미 껍질도 장난감인 양 양손으로 잡는다. 거미를 잡아 관찰하기도 한다. 거미줄을 보며 배운 노래를 부른다.

"거미가 줄을 타고 올라갑니다.

비가 오면 끊어집니다.

해님이 방긋 솟아오르면

거미가 줄을 타고 내려옵니다."

2절까지 부른다. 벤치가 나타나면 앉아 쉬고, 서진이는 각 색깔, 모양, 녹색 잎, 노란 잎, 갈색 잎, 둥근 모양, 뾰족한 모양 잎을 주워 온다. 나뭇잎을 찢어 섞어서 샐러드를 만들고 야채 주스를 만든다. 그리고 할머니 것, 서진이 것 담는다. 자연의 소재를 가지고 소꿉놀이를 한다. 매미 소리 그치는 줄 모르게 여름을 지난다.

7세 미만의 아이들이 타는 흔들다리가 있다. 처음에는 위험해서 할머니가 따라갔다. 나중에는 할머니는 오지 말라고 한다. 서진이 혼자 간다고 주변을 살피면서 흔들흔들 다리를 걷는다. 담력 훈련은 몇 번으로 마쳤다. 한여름이 되자 개미가 올라오고 거미가 줄을 치니 안 간단다.

옆을 돌아오면 무궁화꽃이 피어있다.

"무궁화! 무궁화 우리나라 꽃

　삼천리강산에 우리나라 꽃."

　꽃 이름을 가르쳐 주며 할머니가 또 무궁화꽃 노래를 불러 주었다. 재미나는지 노래를 자꾸 불러 달라고 한다. 모퉁이를 지나오니 하얀 무궁화꽃이 피어있었다.

　전에는 분홍색이었는데 하얀 무궁화꽃을 보더니, '하얀 꽃 하얀 꽃, 우리나라 꽃, 삼천리강산에 우리나라 꽃'이라고 대입해 부른다. 아기 때부터 한 가지를 가르치면 대입을 잘한다. 무궁화꽃 보라색을 보더니 '보라색~ 보라색~' 대입해 또 부른다.

　햇빛은 쨍쨍 내리비치고 어린이 놀이터 화단 꽃들이 반짝인다. 무더운 햇빛이 내리비쳐도 그냥 스칠 수 없는 오색 꽃들! 그네를 내려서 모래 놀이터로 옮기며 꽃들과 눈을 마주치고 모래 놀이터에 앉는다. 더위에 그늘로 피하고 싶지만, 아이들은 놀이에 더위를 잊나 보다. 할머니와 엄마들은 손자 손녀들을 데리고 와 모래 장난을 하며 아이들의 날개를 펴준다. 안 돼도 없고, 그저 아이들의 말 한마디와 행동에 웃음꽃이 만발한다.

　서울숲을 돌면 봉숭아꽃을 꼭 보고 가야 한다. 어느새 꽃이 다 떨어지고 꼬투리가 맺혔다. 씨앗을 만져 보고 통통한 씨앗을 따서 터트려 본다. 많은 사람이 스치는 곳이다. 다른 아이들도 관심이 많은 곳인데 어느 날 가보니 앙상한 꽃도 꽃잎도 없이 조그마한 꼬투리만 남아 있었다. 아쉬운 서진이는 그 씨앗이라도 따야겠다고, 할머니 손을 뿌리치고 꼬투리 씨앗을 따 터트린다. 화단 주변을 보니 조약돌이 모였다. 이를 보며 노래를 불러 주었다.

"햇볕은 쨍쨍 모래알은 반짝

모래알로 떡 해 놓고 조약돌로 소반 지어

언니 누나 모셔다가 맛있게도 냠냠."

노래를 부르며 풀을 뜯고 모래를 모으고 조약돌을 모아 소꿉놀이를 한다.

"할머니 소반이 무엇이에요?"

'밥'이라 대답하고 사전을 찾아보니 '소박한 밥상'이라 한다.

서진이의 대답을 위해 해야 할 일이 많다. 새로운 낱말에 "무엇이냐? 뭐야? 왜?" 질문을 매일 한다.

왜? 라는 질문에 왜? 엄청난 비밀을 캘 수 있는 물음이며 그곳에 답이 있다고 명강사의 말을 들었다. 왜? 라는 질문을 날마다 듣는 서진이의 말에 어떨 때는 곤욕을 치른다. 명강사의 말처럼 질문이 발전하여 엄청난 비밀을 캐내는 우리 서진이로 자라기를 기도한다.

둘은 노랫말처럼 모래알로 떡 해 놓고 조약돌로 소반도 짓고 소꿉놀이하며 떨어진 꽃잎을 모아 냠냠하며 합창을 한다.

햇볕은 쨍쨍……

두껍아 두껍아

    서진이가 냇가에 던진 도토리에 개구리 머리를 맞추었다. 갑자기 나타난 개구리에 서진이와 할머니는 놀라고 기쁘다. 개구리에게 밥을 준다고 도토리를 던지고 또 던진다.

    개구리는 서진이의 마음을 알까? 모르는 듯 눈을 껌뻑이더니 폴짝 풀섶으로 사라졌다.

    이곳을 지날 때면 그때 만난 개구리 찾는다.

    "어디 갔을까?"

    언덕 위에 핫핑크 빨강 맨드라미가 여름 햇빛에 더 아름답다. 손으로 쓰다듬고 냄새도 맡고 만져도 본다. 밑 부분에 씨가 있다 하니 훑어본다. 그리고 씨앗을 받는다.

    아이들이 노는 모래 놀이터에 거북이 놀이터도 있다. 모래에 물을 붓고 삽으로 파고 모래성을 쌓고 두꺼비 집을 짓는다.

    "두껍아 두껍아 헌 집 줄게 새집 다오."

    노래를 부르며 새집을 짓는다. 새집이 잘 안 지어진다고 투덜대지만, 털썩 주저앉아 노는 서진이는 마냥 즐겁다. 두꺼비 놀이터 안은 바닷속처럼 고기 종류가 벽에 많이 그려져 있다. 조개와 물풀들도 많다. 아이들이 신비 세계에서 노는 기분을 느끼게 만들어 놓았다. 아이들만 들어갈 수 있는 거북이 놀이터에서 서진이는 상상의 바다를 체험한다.

온몸이 모래투성이가 되어 수돗가에서 씻고 주워 온 도토리도 씻기를 했다. 이렇게 자유로운 영혼이 되어 놀 수 있다는 것이 얼마나 행복한가? 이 숲을 사랑한다.

날마다 35~36도를 오르내리지만 하루 2시간 이상 논다. 서울숲에 오는 것은 어린 서진이에게 하나님께서 만든 아름다운 자연을 체험시키고 싶어서이다.

종아리, 허벅지, 엉덩이까지 근육이 생겨 예쁘다. 햇볕에 그을려 얼굴, 손, 목이 새까매졌다. 건강미가 아름답다.

제3장

서진이 애벌레의
조잘조잘 말놀이

기대되는 서진이
우리 애벌레는 어떤 꿈을 꿀까?
예쁜 알을 하나씩 매일 낳는다.
어제도 그제도
매일매일……

오늘은 무엇으로 예쁜 꿈을 꿀까?
서진이 고양이는
야옹야옹 발목에 달랑 방울을 달고
할머니는 쫓기는 찍찍이 생쥐가 되어보란다.
야옹야옹 찍찍 찍찍 거실 두 바퀴를 방울을 달고 뛰었는데
또 야옹야옹 찍찍 놀이를 하잔다.
아~~~ 힘들다 아~~재미있다!

"할머니가 밤하늘이냐? 반짝반짝 빛나게~~"
 할머니가 입은 검은 티셔츠 반짝이를 보며 그리고 '반짝반짝 작
은 별 아름답게 비추네' 노래까지 부른다.

엄마? 할머니?

저녁밥을 먹는다. 하루 종일 아침부터 저녁까지 할머니랑 놀고, 책 읽고, 시간을 보낸다. 할머니랑 있는 탓에 할머니는 많이 부르지만 엄마가 제일 좋단다. "난 할머니가 안 좋아, 엄마만 좋아" 인이 박이게 말한다. 그렇지만, 언제나 신나고 즐겁게 시간을 보낸다. 저녁 시간에 밥을 먹다 할머니에게 "엄마! 엄마" 한다.

"서진아! 왜? 할머니가 엄마야?" 하니,

"할머니는 엄마구, 할머니 토끼는 할머니야."

장난스럽게 말한다.

"할머니! 생각해 보니, 할머니는 엄마가 아니야."

'생각해 보니'라는 말이 참 귀엽다.

선혜가 나보고 엄마라 하니깐 서진이는 "엄마가 아니고 할머니"란다. 서진이가 할머니라고 부르니까 엄마 보고도 할머니라고 한다.

할머니가 이름인 줄 아나?

서진이는 표준말 선생님

할머니는 고향이 충남이다. 그래서인지 나도 모르게 충청도 발음이 자연스럽다.

운둥아, "할머니 운둥아가 아니라, 운동화겠죠."

버개라 하니, "베개겠지요."

아금니라 하니, "어금니"라고 한다.

"서진아 위험하니 니려와."

여전히 고치지 못하고 있다.

'이 발음이 언제 고쳐질라나 모르겠슈.'

간식 줄 시간이다.

"서진아! 무엇 먹고 싶니?" 하니

"난 고소한 것도 싫고,

새콤달콤한 것도 싫고,

쫀득쫀득한 것만 좋아요" 한다.

정답! 젤리가 먹고 싶다는 거구나!

도망가면은요?

요즘 애벌레는 사자는 무얼 먹고 사냐고 묻는다.

매일 시간 날 때마다 묻고 또 묻는다. 오늘도 등원하면서,

"할머니 사자는 무얼 먹고 사나요?" 묻는다.

어제처럼 똑같이 대답했다.

산에 사는 다람쥐, 산토끼, 들쥐, 고라니 등 동물들을 잡아먹고 산다고 했다. 그래도 서진이는 안 잡아먹는다고 말한다.

몇 날 며칠을 똑같은 질문을 하며 아니라고 한다.

이제 할머니도 지쳐간다.

또 묻는다.

"할머니 사자는 무얼 먹고 사나요?"

휴~ 힘이 들어서 목도 아프고 기가 다 빠진다.

애벌레의 질문에 대답하면서……

"똘똘레야! 사자가 잡아먹는다는데 왜 안 잡아먹는다고 하니?"

순간에도 "할머니 사자는 무얼 먹고 사나요?" 한다.

"응, 다람쥐, 산토끼, 들쥐, 오소리, 멧돼지, 여우, 늑대……."

한없이 산속 동물들이 등장한다.

갑자기 "(동물들이) 도망가면은요?"
할머니는 신나게 "응 안 잡아먹지" 하니,
"할머니 도망가면은요?"
"안 잡아먹지."
답을 찾았는지 다시 묻지 않는다.

애벌레에게 이런 의문이 있었다니…… 날마다, 푸른 배춧잎만
먹고 몸만 자라는 줄만 알았는데, 애벌레에게 이런 생각이 자라고
있었다니…… 꿈꾸는 애벌레야! 어서 자라서 번데기에서 나와 꽃
을 찾아 높이 훨훨 나는 예쁜 나비가 되어라.

긴 질문 속에 '아니'라는 말이, "도망가면 잡아먹을 수 없다"라
는 속뜻임을 할머니는 이제야 알았다.
"도망가면은요?" 서진이의 질문은 예사롭지 않다.

애벌레는 지치지 않아

서진이 하원 후 할머니는 배가 고팠다. 나물에 참기름을 넣어 비벼 먹는데 냄새가 좋았는지 "할머니 뭐하고 먹느냐?" 한다.

"고구마 줄거리하고 먹지!" 하니 서진이도 달라고 한다.

"매워서 못 먹는다" 하니 "주세요" 하며,

"할머니 무슨 냄새에요?" 한다.

"참기름 냄새다" 하니 서진이도 먹고 싶단다.

그래서 닭볶음, 당근, 호박을 참기름에 비벼주니 홀딱 먹는다. 어린이집 점심밥을 다 먹지 못했을 것이지만, 맛이 있는지 '냠냠 쩝쩝' 맛나게 먹었다.

서진이는 귤을 후식으로 먹으며 나비 모양을 만든다.

그리고는 "나비 한 마리 먹는다" 하며 입속에 쏘옥 넣는다.

언제나 흥과 재미가 넘친다.

저녁때 서진이 말, "여우가 저녁때 별을 좇아 밖으로 나왔어요. 할머니! 풀섶이 어디 있어요?" 한다.

"고양이가 지붕 위에 풀섶을 깔고 잠을 자요" 하는 이야기를 재현하려는 모양이다.

주황 쿠션을 가져오더니 고양이를 눕히고 '쿨쿨' 소리를 낸다. 녹색 쿠션을 가져오더니 "서진이가 자요" 하면서 자는 시늉을 하며 논다. 놀이가 끝나자, 쿠션 2개를 겹치더니, 케이크라고 한다. 동물들을 빙 둘러앉히고 "생일 축하한다"며 생일축하 노래를 부른다.

그다음은 무슨 놀이를 할까?
잠시, 먹을 것을 달라고 한다. 싱크대 위로 안아 올려달라고 한다. 간식이 있는 부엌 싱크대에 오르더니, 손가락으로 사탕봉지를 가리키며 무어냐 묻는다.
'이쯤 되면 먹을 것을 주어야지.' 막대 사탕을 주니, 방에 들어가 치카송과 책을 보며 논다. 저녁 준비하는 사이 또 책을 가져와 읽어 달라고 한다. 애벌레는 끝없이 먹이를 먹고 자란다.

모두 모두 모였어요

아침밥 '냠냠' 맛있는 소리를 고양이에게 들려주면서 다른 인형 고양이를 할머니보고 가져다 달라고 한다. 서진이가 가져오라 하니 "밥 먹을 때는 돌아다니면 안 된다"고 할머니보고 가져다 달라고 한다.

"할머니가 허락했으니 직접 가져와라" 했더니 동물 인형들을 모두 모아 놓고 "모두 모두 모였어요" 한다.

어린이집 선생님 노릇을 한다. 엄마 곰, 아기곰 얼굴을 맞대어 놓고 "엄마가 보고 싶니?" 묻는다.

할머니는 옆에서 "그럼 어린이집에서 친구들이 어떻게 하니?" 물으니 '으앙' 운다고 한다.

"누가 잘 울어?" 하니 친구들 이름을 대고, 서진이는 안 운다고 한다. 그리고 할머니보고 토끼, 고양이, 엄마 곰, 아빠 곰, 아기곰, 정 강아지를 안으라고 하면서 "모두 사랑해" 한다. 어린이집 생활 잘 적응하는 모습이 보인다.

서진이가 감기 들었다기에 동치미와 낙지를 준비해 갔다. 감기 때문에 어린이집도 못 가고 집에서 밥을 먹인다. 콧물이 흐르지만 장난기는 여전하다.

토끼털 목도리로 뱅글뱅글 돌려 만든다. 코라 뱀이란다.
책을 읽으며,
"곰이 겨울잠을 잔다" 하니
"또 누구도 자느냐?"고 한다.
"뱀, 두더지, 다람쥐 등 여럿이 있다"라고 말하자,
아기 때 이불로 굴을 만들어 달라고 한다.
그리고 이불로 뱀을 덮고
"예쁜 꿈 꾸어라, 좋은 꿈 꾸어라" 하며 겨울잠 재운다.

의자로 기차를 만든다.
1호, 2호, 3호, 4호 만들어 '칙칙폭폭 기차놀이' 하며 논다.
"첫 번째 누가 타고 있을까?" 하고 물으니 고양이란다.
두 번째 토끼, 삐약이, 곰 순으로 말한다.
"슬슬이 뱀은(양말을 이어 만든 뱀 이름) 어디 있을까?" 하니
슬슬이라 하는 말이 재미나는지 자꾸 하란다.

감기 기운에 눈이 거무스름하게 되고, 콧물이 나고 얼굴이 창백하다. 슬슬이 놀이를 하면서 낙지죽을 끓인다. 자기랑 놀자고 손

을 잡고 끌어당기지만 잠깐 틈에 죽을 끓여서 배, 무, 동치미하고 밥을 주었다. 한 그릇 맛있게 먹고 "잘 먹었습니다" 한다.

치카 하고 침대에 누워서 『곤충들의 운동회』를 읽어주니 잠이 든다.

잠에서 깨어나 거실로 내려오더니 "할머니 나비 놀이 하자" 한다. 나비를 어깨에 메어 주니 "누구랑 만들었지?" 한다.

"할머니랑 서진이랑 만들었다" 하니 나비가 되어 꿀 찾으러 이쪽저쪽 찾아다니며 '쪽쪽 쪽' 꿀을 먹는다고 한다. 서진이는 이꽃 저꽃 찾는다고 훨훨 두 팔을 팔랑거린다.

『곤충 운동회』의 운동회 마지막 장면에서 맛있는 것을 먹고 노래를 부른다.

동물들이 무얼 먹는지 궁금한가 "무얼 먹지?" 한다.

"쇠똥구리는 똥을 먹는다" 하니 『바람에 날려간 버트』에 나오는 쇠똥구리가 생각이 났는지 책을 찾아온다.

"운동회 마치고 무슨 노래를 부르느냐" 묻는다.

갑자기라 "곰 세 마리를 부르지 않을까?" 하니 "냇물아 흘러 흘러 어디로 가니"를 부른다.

경주 마지막 장면이 물방개, 소금쟁이 등이 물 위에서 헤엄치는 장면이 있다. 냇물이 생각났나 보다. 연상이 대단하다. 할머니보다 책 내용 연결을 잘한다.

화는 언제 나는 거예요?

서진이가 엄마랑 등원하지만, 월요일에 할머니, 고모 생신이라 다녀오니 피곤하여 나랑 등원하였다. 이제 어린이집도 적응이 잘 되어 밥도 잘 먹고 잠도 잘 잔다고 한다. 귀여운 서진이! 차 뒷좌석에 앉아 젤리를 다 먹고 보채지도 않고 잘 논다.

단위를 말한다.

"사람은 명, 동물은 마리, 꽃은 송이"라고 말한다.

오늘은 '나무는 그루'라 하자, "플라타너스는 1그루, 대추나무는 2그루, 감나무는 3그루……" 열거한다.

퇴근한 엄마에게 그림을 그리자고 한다. 바닷속 물고기가 숨어 있는 그림을 그리자 서진이는 재미나는지 열심히 색칠한다.

집으로 돌아왔다. 피곤하다. 집에 오자마자 픽 쓰러졌다. 나이 탓일까? 매일 힘들다.

코로나가 재확산이 되어 또 집에서 시간을 보냈다. 한 달 이상

서진이의 생활을 적지 못했다. 힘도 들었고 쉬고 싶었다. 힘이 좀
돌아온 거 같다. 덜 피곤해졌다. 그래도 힘이 남아돌지는 않는다.

서진이에게 혼자 밥을 주니
"할머니 왜? 밥이 없어요?"
"집에서 먹고 왔다" 해도 자꾸 몇 번을 묻는다.
설거지를 마치고 치카를 시키니
"할머니 왜 치카를 안 하세요?" 한다.
"집에서 밥 먹고 치카 하고 왔어" 하니
"할머니 치카 안 하면 이가 썩어요" 한다.
이제 서진이는 할머니 관리까지 한다.

어제는 밥을 먹는데 입에 물고 장난한다. 피곤도 하고 얼른 먹
었으면 하는 마음에 "어서 먹어라" 하는 말에 할머니가 화난 느낌
을 받았나 보다.
"할머니! 화났어요? 화는 언제 나는 거예요?"
'하하.'
"서진이가 밥 안 먹을 때" 하니,
가득한 입에 또 한 숟가락 푹 떠서 입에 넣으려 한다.
"서진아! 다 먹고 먹어야지. 놀지 말고 먹어라."
할머니 마음을 읽었나 보다.

기분이 전환되지 않았는지 내 몸에서 떨어지지 않는다.

"아직 잠이 안 깼나?" 하니 무엇이라도 먹으면 좋겠단다.

"무얼 먹을까? 호박 과자를 먹을까? 치즈를 먹을까?" 하니 "젤리를 먹을까?" 한다.

서진이에게 젤리를 사알짝 숨기려 했더니 먹고 싶단다. 할머니는 서진이가 좋아하는 젤리를 준다.

또 "무얼 먹을까?" 한다. 간식 있는 곳으로 가서 먹고 싶은 거 찾으라 하니 이것저것 싫단다.

갑자기 "찾았다" 한다. 사탕이다!

블루베리 막대사탕! 반만 먹고 남겼다.

젤리가 최고 맛난 모양이다.

오늘부터 서진이 육아 에세이를 다시 써보자.

밖을 '벳갓'이라 충청도 말을 하니 서진이는 할머니 말을 쫓아서 한다.

내가 지켜줄게!

동물 인형에게 서진이가 놀면서 이야기한다.

"고양아! 무섭니?"

"혹시, 토끼야! 무섭니?"

"혹시, 아기 고양아, 무섭니?" 묻는다.

서진이 애벌레는 "내가 지켜 줄게!" 한다.

어른들이 하는 말을 따라 한다.

아침 식사를 하며 귤을 얼굴에 대며 주황 코, 주황 눈, 주황 입, 주황 귀, 주황 목, 주황 머리라며, 눈사람을 만들자 한다. 귤 한 개 위에 한 개를 올려놓으니 눈사람이 되었다. 검은콩 두 알을 귤에 박으니 두 눈, 두 개 콩알로는 단추가 되었다. 마지막 한 알 물어 입이 되니 재미가 나는지 너털웃음을 웃는다.

서진이는 점심을 먹고 다른 날보다 한 시간 적게 자고 일어나더니, "뭐 먹을 것 없을까?" 냉장고에서 사과주스를 꺼내어 맛있다고 먹는다.

"할머니는 안 먹어요?" 하며 손으로 엑스를 한다.

"할머니가 사 준 거잖아" 하니 주스를 먹으라고 내민다.

주스가 너무 차서 적게 주려고 조금 쭉 먹으니

"할머니! 맛있지?" 하면서 쪽 먹는다.

먹고 난 후 춥다고 한다.

"찬 것을 먹어서 그렇다"라고 하니

"이불 덮으면 돼요" 한다.

내일 아침에 기온이 영하 11도로 내려간다고 한다.

추위에 어려운 이웃이 많을 텐데 걱정이다.

저녁 시간, 또 귤로 눈사람 만들자 한다. 아침에 눈사람 만들 때 머리와 목이 고정이 안 되었다. 아침처럼 만들고 숟가락을 길게 꽂으니 귤 두 개가 고정되고 숟가락은 눈사람 모자 같았다. "눈사람 모자 되었다" 하니 '깔깔~ 껄껄~' 재미난다고 소리 내 웃는다. 밥도 '냠냠' 맛있게 먹었다.

꽃사슴은 무얼 먹고 사나요?

빨간 사과를 먹고 싶은 서진이가 말한다.

그림책에 꽃사슴이 빨간 사과를 먹는 그림을 보고

"할머니! 꽃사슴은 무얼 먹고 사나요?"

매일 묻는다.

서진이는 책 내용대로 "꽃 사과 먹고 살지" 한다.

그리고 "사슴은 무슨 색 사과 먹고 살아요?" 한다.

"빨간색 꽃 사과 먹지" 하면 아니란다.

서진이가 먹는다고 하였는데 '빨간 사과'라 하니

'초록색'이란다. 빨간색은 서진이가 먹는다고 한다.

매일 똑같은 질문을 해서

"빨간색은 서진이가 먹고, 꽃사슴은 초록 열매 먹지" 하니

"서진이도 초록 열매를 먹는다"고 한다.

"내 청포도." 그러면서 또 반복 질문한다.

원하는 답이 안 나오나 보다.

"서진이가 빨간 사과 먹고 서진이가 양보하면 꽃사슴도 빨간

사과 먹을 수 있다" 하니 "꽃사슴이 양보하면?" 한다.

"서진이도 먹고 할머니도 먹을 수 있다" 하니 "그다음은 누구냐"고 또 묻는다. 가까운 답이 나왔는지 "양보하면 누가 먹고 또 누가 먹느냐"고 묻는다.

"서진이가 빨간 사과 양보하면 꽃사슴이 빨간 꽃 사과를 먹을 수 있다. 초록 사과를 서진이가 양보하면 꽃사슴도 초록 사과를 먹을 수 있다."

설명을 하니 양보하면 다른 사람도 먹을 수 있다는 것을 안 모양이다.

"꽃사슴아."

할머니를 부른다. 할머니를 대입하여 부르는 것 같다.

"꽃사슴은 무얼 먹고 사나요?"

오랫동안 질문받았다!

군, 양

재미있게 놀면서 혼낼 수는 없고 너무 예뻐서 아기라 어떻게 할 수 없어서 나오는 말이 할머니는 '그냥 양양양' 한다.

"할머니! 그냥 양양양 아니야" 한다.

"그래! 서진양이지!"

"엄마는 선혜양, 할머니는 할머니양, 아빠는 아빠양?" 한다.

남자는 "군"이라 가르쳐 주니

"할아버지군, 아빠군, 고모부군, 삼촌군."

"여자는 고모양, 숙모양, 선생님양이라 하자."

엉뚱하게 삼천포로 빠졌지만, 재미난 학습이 되었다.

"서진이는 그냥 양양양 아냐, 서진양이야."

많이 웃는 날이었다.

까투리 퍼즐을 맞춘다. 네마리 까투리가 나온다. 색깔로 맞추는데 빨간색이 없다. 색으로 서진이 분홍, 빨간색이 엄마, 아빠 초록, 할아버지 파랑, 할머니 노랑이다.

'할머니, 할아버지, 서진이" 하더니 "엄마가 어디 갔지?" 한다. 빨간색 까투리가 없다고 "회사 갔나 보다" 한다.

재치도 있다.

서진이의 어휘력이 날마다 늘어나니 내가 딸린다.

지시 대명사를 쓰니 서진이도 쓴다.

단어가 생각이 안난다, 모습이 생각나는데…….

손가락으로 가리키며 '개' 좀 가져오너라 하니, 웃으며 토끼를 가져오며 '개' 가져왔다고 한다. 따라쟁이다.

토끼가 개가 되었다. 벳갓에 나가자 하니, 밖이라고 하면서 나를 놀린다.

자석 블록이 있는데 이름이 떠오르지 않는다. 영어로 하는 말이…… 자꾸 잊어먹고 따라 하다 잊어먹는다.

한번 들으면 척 기억하고 잊지 않는 서진이!

나는 몇 번 들어도 기억 못 하는 할머니.

양극으로 차이가 넓어질 것이다.

자연의 순리를 어찌 막으랴!!

그래, 땅에 있구나!

어린이집 방학이라 집에서 쉬는데 밖으로 나가고 싶어 한다. 옷을 입히고 간식을 가지고 서울숲으로 갔다. 룰루랄라 좋다고 강아지처럼 뛴다.

"낙엽이 다 떨어져 잎사귀가 없다" 하자 두루 살피더니 땅에 떨어져 쌓인 낙엽을 보고 "할머니 여기 있어요" 한다.

'그래, 땅에 있구나!'

개를 데리고 산책하는 아주머니를 만났다.

"개다!" 하며 뛰어가더니 "예쁘다, 예쁘다" 한다.

아주머니께서 "몇 살이니?" 하니 "4살이에요. 이름은 정서진" 이라고 하면서 "개는 몇 살이냐"고 묻는다.

"5살"이라고 하자,

다음은 아주머니를 가리키며 "몇 살이냐"고 묻는다.

"네 나이 10배도 넘어" 한다.

개가 나무에 쉬를 한다.

서진이는 개를 보고 "너가 매미냐? 즙을 먹게."

개가 나무에 기대어 무엇인가 먹는 줄 아나 보다!

6촌 시누이 남편 문상으로 천안에 가야 했다.

"서진아~ 할머니 천안 다녀올게" 하니,

"이천 원은 누가 가요?" 하더니,

엄마란다.

"삼천 원은 아빠가~~"

그럴듯한 질문과 대답이다.

천안을 천원으로 이천 원, 삼천 원까지 생각한다.

책에 엄마 토끼가 아기랑 논다.

"???? 어! 엄마는 회사 가는데 왜 안 갔지?"

……

"할머니!, 왜 토끼 엄마가 회사 안 가요?"

서진이 엄마가 회사에 가니, 모든 엄마가 회사에 가는 줄 아나 보다.

송알송알 주룩주룩

 우리 집 베란다에 한련화, 고추, 토마토, 돌나물, 파, 고추, 부추, 카네이션을 화분에 심어 텃밭을 만들었다.
 "가랑비가 내린다" 하니 서진이는,
 "가랑비가 무엇이에요?"
 "주룩주룩 비는 뭐예요?"
 "송알송알 비가 뭐예요?"
 질문이 쇄도한다.
 "가랑비는 이슬비 같은 가는 비."
 "송알송알 비는 방울 비."
 "주룩주룩 비는 세게 많이 오는 비"라고 말하였다.
 4살 아기에게 이해시키는 설명이 어려웠다!

 애벌레 서진이가
 "어제는 비가 왔는데 오늘은 비가 안 오네.
 주룩주룩 비도 안 오고,

송알송알 비도 안 오고,
보슬보슬 가랑비도 안 오네요" 한다.

할머니는
"구름만 끼고
비는 안 오고
하늘만 잿빛이야" 하니

애벌레 서진이는
"오~~ 구름이 없어요!
할머니가 하늘 구름을 따다
내 팬티에 구름을 붙였나 봐요."

아기 팬티에는 구름 그림이 있다.
비 종류를 물어보더니 이야기를 만든다.
아기 시인이다.

딩동댕!

"이제 뭐 할까?" 하더니 문제를 낸다.

"1. 동그랗고 노란 것이 무얼까요?"

"저요! 참외" 하자 "보름달" 한다.

"2. 털실을 좋아하고 고기를 좋아하는 것은 무얼까요?"

"저요! 고양이" 하자 '딩동댕!' 한다.

그리고

"3. 초록이고 꿈틀꿈틀하는 것은 무엇일까요? 애벌레."

"4. 갈색 크림을 뿌린 것은 무엇일까요? 초콜릿 크림."

"5. 운전대가 있고 바퀴가 있어요? 엄마 차."

서진이는 묻고 할머니가 대답할 틈도 없이 서진이가 답한다. 할머니에게 답할 시간을 주지 않는다. 집에까지 이러고 오다 보니 차 안에서 잠자는 시간이 없어졌다.

서진아! 할머니에게 언제나 기쁨을 주고 행복을 주어서 고맙다! 변화되는 모습을 그냥 스치지 않는 울 애기 서진이!

"할머니가 폭죽이냐?"

할머니 바람막이 잠바 보면 그럴 듯하다.

어떻게 비교 영상을 말로 표현할까?

모든 아이가 다 그럴까?

남들과 비교 없이 참 영리한 서진이다!

이 사랑스런 서진이에게 덕지덕지 좋은 것으로 선물로 추억을 심어 주고 싶지만, 할머니 실력 부족으로 선택이 적다. 어린이날 선물로 모래놀이 장난감을 선물했다. 색감, 감촉, 구성된 것이 서진이가 즐거이 놀면 좋겠다.

딸기 모종을 준비했다. 관찰도 할 겸 꽃이 피고 열매 맺는 것을 보이고 싶다. 서진이는 "꽃이 피고 열매 맺으면 똑 따서 딸기주스를 만들어야지!" 한다. 딸기 모종으로 꽃을 보고 열매를 보는 눈이 열렸다. 우리 서진이 생각과 몸이 건강하고 지혜롭게 자라길 기도한다. 훗날에도 힘이 없는 하얀 머리 할매가 되어도 호흡하는 서진이와 할머니가 되었으면 한다.

손가락 번호 6번 어디 있어요?

　빨강, 주황, 노랑, 초록, 파랑, 남색, 보라색을 '도레미파솔라시도'로 장난감 실로폰과 피아노로 노래를 부르며 놀았다. 오늘은 피아노 건반을 가리키며, 손가락 번호를 가르쳐 주었다. 1번, 2번, 3번, 4번, 5번 손가락 번호를 가르쳐 주었다.

　"할머니 6번은 어디 있어요?" 한다.

　'라음을 어떻게 하느냐일까?' 손가락이 다섯 개라며 손가락 번호 6번은 없다고 했다. 손가락 바꾸는 걸 가르쳐 줄 수도 없고 나중에 가르쳐 줄게 서진아! 질문이 흥미롭다.

　요즘 계명으로 노래를 부른다.

　"빨강, 주황, 노랑, 초록, 파랑, 남색, 보라, 빨강."

　"도, 레, 미, 파, 솔, 라, 시, 도."

　실로폰의 색깔로 계이름 대신 부른다.

　피아노 검은 건반 두 개 앞이 '도'라 하니 빨간색이 '도'라 한다. 서진이 기준에는 맞다. 색깔에 기준 있으니까.

조잘조잘 이야기

"할머니 늑대는 나비처럼 꽃꿀을 빨 수 있나요?"

"아닐걸?" 하니

"그럼 엄마가 빨대를 늑대 입에 물리면 꿀을 빨 수 있나요?"

"응응 빨 수 있지."

"그럼 나비 날개를 달고, 더듬이를 달아 주고, 빨대를 꽂으면 나비 늑대 될 수 있나요?"

귀여운 서진이! 생각의 날개를 펼친다.

나비 늑대가 세상에 탄생하였다!

조잘대며 놀다 "늑대가 오냐?"고 하며, 할머니 품에 안기더니 꿈나라에 깊이 잠든 우리 아기를 보니 이렇게 예쁜 아기 어디서 왔니? 노래가 절로 나온다.

노래를 부르다 할머니도 피곤한지 예쁜 아기랑 한잠을 잔다.

나는 왜? 새끼가 없어요?

"나는 왜? 새끼가 없어요?"

"할머니는 이복시 새끼죠?"

"그렇지."

"그럼, 할머니 새끼는 정선혜, 정윤교 삼촌 맞죠?"

"그렇지."

"그런데 우리 엄마, 아빠는 나하고 살고 할머니는 삼촌하고 살지 않으니 할머니는 가족이 없네요?"

논리가 맞다. 수학 셈도 잘하겠다!

고양이를 모은다. 한 마리, 두 마리~~ 17마리라며 응~응~간주를 하며 콧노래로 부른다.

17마리 고양이가 있었는데 한 마리 고양이가 도르르

(덤블링 아래로 떨어뜨리며) 16마리 남았네.

16마리 고양이가 있었는데 한 마리 도르르 떨어졌다.

15마리 남았네……

한 마리 고양이가 있었는데 한 마리 떨어져서 0마리 남았네. 끝을 맺는다.

한마디 어긋남 없이 노래로 빼기를 영특하게 높은 소리로 한다. 감기가 들어 약을 먹으면서 한 번도 아니고 두 번 세 번 계속한다. 퇴근한 선혜에게도 놀이를 한다.

집에 가려는 할머니를 붙잡아 놓고 또 셋이서 재미있게 숫자 빼기 노래를 했다. 많이 피곤하였는데 서진이와 놀이에 빠지면 피곤을 넘길 수 있는 초능력이 생긴다.

"할머니! 서진이하고 놀자"고 한다.

"설거지하고 놀자" 하니

"할머니! 아직 설거지 안 했어요?"

자꾸 조른다.

원하는 대로 안 되니

"할머니 계속 청소만 하면 청소기 돼요~"

나중에 보니 로봇 청소기를 뒤집어 놓았다.

'아유 귀여워~~'

할머니가 빨리 와서 서진이랑 놀자고 하는 말이다.

서진이가 1,000살 되면?

어린이집 다녀왔는데 열이 나더니 밥도 먹지 못하고 기침이 난다. 병원에 가기 위해 아파트에 차를 대고 단지를 걷는다.

바람이 사알짝 불자 낙엽이 우수수 떨어진다.
서진이는
"할머니 날씨가 좋아요."
"낙엽이 예쁘네요."
"녹지 않는 눈이 와요."

떨어지는 낙엽 속으로 달려간다.
'녹지 않는 눈' 시를 쓴다.
오색 아름답게 바람에 날리는 우수수 낙엽을
녹지 않는 눈이라 표현하는 서진이의 감성에 할머니는 미소를 짓는다.

"할머니! 남편 어디 있어요?"

????

"할머니 할아버지 어디 있냐고?"

서진이가 많이 커서 주변을 살피며 말을 한다.

무어라 설명할까?

어떻게 설명할까?

"할머니! 엄마 보고 싶어요."

"할머니는 엄마 어디 있어요?"

"하늘나라에 있지."

"무엇 타고 갔어요?"

"구름 타고 갔지."

"그럼 날개가 달렸나요?"

"그렇지."

상상의 날개를 펴고 온 우주를 본다. 하늘나라가 좋은 느낌을 받았는지 "100살 되면 엄마랑 꼭 같이 가야지" 한다.

몇 번을 계속 말한다.

"네가 100살 되면 134살 될걸" 하니 "서진이가 1,000살 되면?" "만 살, 억 살 되면 서진이는 몇 살이 되냐?"고 계속 묻는다.

쓰레기 주머니

문화센터 레고 수업에 왔다. 옆에 할머니가 손자를 데리고 왔다. 서진이는 할머니 보고 "외할머니예요? 친할머니예요? 나는 외할머니인데요" 한다. 누가 물어보았다고 궁금한 것이 많다.

저녁을 먹고 거실 바닥을 닦으니, 서진이랑 놀지 못할까 봐 로봇 청소기를 돌리며 할머니 청소하지 않아도 된다고 한다. 계산도 잘해요. 예쁜 우리 서진이!

병원에 다녀오면서 준 사탕을 주머니에 넣으며
"서진이 주머니는 사탕 주머니."
"아빠 주머니는 열쇠 주머니."
"엄마 주머니는 초콜릿 주머니."
"할머니 주머니는 쓰레기 주머니" 한다.

차 안에서든 집에서든 쓰레기가 있으면 주머니에 넣었더니 할머니는 쓰레기 주머니란다.

할머니에게 이름을 지어준다.

이름을 대며 설명까지 한다.

"1. 청소기 할머니는 매일 청소하니까,

2. 건조기 할머니는 매일 빨래 빨아 건조기에 넣으니,

3. 식세기 할머니는 매일 밥하고 설거지하니,

4. 장농 할머니는 옷을 개서 농에 넣으니."

이름도 많다!

간식으로 분홍 하트가 있는 백설기를 주었다. 설기 떡이라 하니 "할머니! 바람 떡 없어요?" 한다. 지난번 꿀떡을 사다 주면서 바람 떡을 사다 준다 했더니 찾는다. 연상하여 재미난 떡 이름을 댄다.

"할머니! 해님 떡도 있나요?

달님 떡도 있나요?

별님 떡도 있나요?"

"해를 넣으면 해님 떡

달을 넣으면 달님 떡

별을 넣으면 별님 떡이 되지~"

바람 떡을 생각하다 해님, 달님, 별님을 상상하는 서진이는 무한 상상력을 발휘한다. 서진이의 신상품 떡이 나왔다! 특허를 내면 특허 상품이다. 출시는 알 수 없다.

봄이 덜 자랐어요

애벌레 서진이가 유치원에 갈 때 현관에서
분홍 구두를 신으며 벚꽃이란다.
흰 양말을 가리키며 목련이란다.
분홍색 치마는 진달래란다.
잠바 속 노오란 티셔츠는 개나리꽃이란다.
봄의 여러 꽃이 서진이에게 피었다.
그리고 예쁜 봄꽃 서진이는 현관문을 나간다.
애벌레 입은 차림에서 행복한 봄을 느낀다.

유치원 차량을 기다리며 아파트 울타리가 입학할 때는 장미 싹
이 뾰족 움텄다. 봄이라고 가르쳤다. 날이 지나며 잎이 햇볕을 받
고 서진이가 자라듯 봄이 하루하루 자란다. 등원 시간 관찰하며
매일 자라는 모습을 즐거워한다. 제법 잎이 많이 나왔다. 소나무
가 있어 그늘진 곳은 아직도 움이 웅크리고 있다.
서진이는 "할머니~ 봄이 덜 자랐어요" 한다.

"그래, 햇볕을 덜 받아서 많이 자라지 않았지" 가르쳐 준다.

서진이는 세밀하게 관찰하며 작년 장미꽃 열매를 가리키며 "할머니 이게 뭐예요? 겨울이 아직 여기 있어요" 한다.

매일 아침 유치원 등원 차를 기다리며 봄이 자람을 즐겨 본다. 그리고 한 발 뛰기로 초록색 밟기와 하나둘 구령에 맞추어 손뼉치기하며 유치원 차를 기다리다가 꺾어져 땅에 떨어진 장미 싹을 주우며 "할머니 봄이 이렇게 떨어졌어요" 안타까워 한다.

가지를 꺾으면 다음에 봄도 볼 수 없고 꽃도 볼 수 없으니 꽃가지와 나뭇가지 봄을 꺾으면 안 된다고 가르쳐 주었다. 떨어진 봄을 보고 "어떻게 하지?" 하며 노란 유치원 차를 타고 등원했다. 장미꽃 관찰은 일 년 내내 흥미로울 것이다.

새싹을 봄이라고 한다. 봄소식을 알려 주니, 봄이지~~

아파트 커다란 화분에 꽃들이 피어있다. 등원하며,
"꽃아! 우리 서진이 유치원 다녀올게" 하며 지나간다.
서진이는 "할머니 무슨 꽃 할래요?"
생각도 하기 전 두 손을 얼굴에 대며
"할머니는 할미꽃, 서진이는 벚꽃"이라 한다.
"그래, 서진이는 벚꽃, 할머니는 할미꽃 하자."
할미와 손녀는 봄꽃이 되어 행복한 날을 시작한다.
벚꽃이 만발했다.

엄마랑 결혼할래요

"높은 소리로 예쁜 소리 내세요."
"서진이 사랑해" 하며 끝을 올린다.
"낮은 소리로 무서운 소리 내세요."
"어흥" 하고 소리를 낸다.
유치원 다녀온 서진이에게
"보고 싶었다" 하며 얼굴을 비비니
"할머니! 나도 할머니 보고 싶었어요. 나랑 결혼해요."
"할머니는 신랑! 서진이는 신부" 하자 한다.
그래, 서진아 넌 예쁜 분홍드레스 입어라.

엄마 아빠 결혼식 책을 읽었다. 그리고 엄마 아빠 결혼식 앨범
을 보며 서진이는 좋아하는 친구와 결혼하고 싶단다.
"서진아! 누구랑 결혼 할 거야?"
"헷갈리네요" 하며 조금 멀리 갔다 다시 오더니, 귓속말로 할머
니 귀에 대고 "선혜 엄마하고 결혼할 거예요" 한다.

늑대가 온다

하원 후 피곤해 보여서 잠을 재우려고 한다.
"서진아~~ 어서 자자. 늑대가 온다" 하니,
"도시에는 늑대가 없어요. 시골이나 늑대가 있지요."
안 먹히네~ 결국 서진이는 잠을 안 자고 놀았다.

새들이 모이를 먹으면 똥을 싼다고 하니
"그럼 나무도 똥을 싸나요?" 한다.
나무도 똥을 싸나?
할머니도 궁금하다.

배추 볶음 해서 아보카도와 초록 밥을 먹인다.
서진이는 "나는 애벌레 같아요" 하며
"나비는 꽃잎 볶음밥, 말벌은 꿀 볶음밥 먹을 거야" 한다.
할머니랑 서진이는 벌과 나비다!
생각만 해도 맛을 느끼며 행복하다.

바람이 그네를 밀어주어요

그네를 탄다.
밀어 달라고 한다.
높이 밀어 달라고 한다.

높이 오른다.
"어디까지 갔니?"
"미국 프랑스."
아는 만큼 조잘조잘……

시원한 바람이 불어온다.
"할머니, 바람이 그네를 밀어주네요."

"할머니가 밀어주고
바람이 밀어주니
서진이는 좋겠구나!"

바람이 분다.

가을로 접어드니 은행도 간간이 떨어져 눈길을 끈다.

떨어진 은행 열매를 보더니,

"사람들은 댄스를 하며 결혼하고,

동물들은 짝짓기를 하며 결혼하는데,

은행나무는 어떻게 결혼할까요?"

지나던 할머니 웃으시며 다가와

"아이 귀여워."

"바람이 결혼식을 시켜 주지."

재치 있게 말을 해준다.

바람이? 어린아이 생각은 정말 재미있다.

바람이 싱싱 분다.

뱅글뱅글 낙엽이 원을 그리며 돈다.

"뱅그르르 나뭇잎이 춤을 춰요" 하며 서진이가 말한다.

"나뭇잎도 춤을 추니?"

"뱅그르르 춤을 추잖아요."

바람이 낙엽들을 춤추게 하네요.

밤하늘을 보며

"할머니
왜? 해는 밤에 안 보여요?
왜? 밤에만 달이 떠요?
왜? 밤에만 별이 보여요?"
질문을 한다.

"낮에는 해가 뜨는데 밤에는 서산 넘어간단다."
"낮에는 해가 너무 밝아 달과 별이 안 보인단다."
"깜깜한 밤에 달이 보이지. 별도 그렇지."
"나는 낮에도 달과 별 보았어요. 왜죠?"
새벽 서산 바닷가에 가서 본 듯.
이렇게 똑똑한 서진이 무엇 될래?

달이 서진이를 따라온다

저녁 시간 서진이 헌책을 사려고 서진이랑 나랑 선혜랑 차를 타고 간다. 해가 짧아져 7시가 넘으니 깜깜한 밤이 되었다. 한강의 불빛이 아름답고 화려하다. 서진이는 한강 불빛이 예쁘다고 환호성을 지른다.

"달이 따라온단다.
자꾸 달이 나만 따라온단다.
나만 따라오면,
달을 좋아하는 친구들이
보고 싶으면 어떻게 하냐?
왜? 나만 따라오지~
달이."

시를 쓴다. 정서진 시인.

꽃아! 할머니처럼 지팡이가 필요하니?

    화단에 꽃들이 쓰러질까 봐 기둥을 받쳐 놓았다. 오늘은 화단의 국화꽃에 기둥을 세워 구부러진 것을 관리원 아저씨가 예쁘게 세워준다. 서진이가 그 모습을 보고 "꽃도 할머니처럼 지팡이가 필요한가 보다" 한다.

꽃도 할머니처럼 지팡이가 필요한가 보다.
국화꽃아~ 지팡이 잘 짚고 있었니?
어렵지 않았어?

노오란 꽃송이를 만지며
국화꽃아~
너희들 옆에 많은 친구들이 있어.
안녕!~

주워 온 길가의 단풍잎을

친구처럼 국화 꽃송이에게 건네며
선물이야~

또 단풍나무를 건네며
영양분 잘 빨아들이고 있지?

국화꽃은 매일 만나는 서진이의 가을 친구!!
한 편의 시가 되었다.

　재주꾼 장미정 할머니가 고양이 인형 옷을 만들어 오셨다. 고양이를 좋아하는 걸 아시고 정성을 들여서 만드셨다. 옷을 입히고 놀이를 한다. 이야기도 만들고 대화도 한다.
　고양이 꼬리를 돌리자 발레리나 고양이 같단다. 서진이도 발레리나라고 한다. 고양이가 있으면 무엇이든 재미있게 놀이든 학습이든 최고의 상승효과를 본다.

수국아 어디로 갔니?

어제보다 날씨가 덜 춥다. 장갑도 벗고 활기차게 등원한다.

아파트 화단의 수국 잎도 꽃도 거의 떨어지고 가지만 앙상하다.

지나던 서진이는,

"수국아! 꽃과 잎이 다 어디로 갔니?"

"수국아! 비둘기가 죽은 거 알아?"

"수국아! 비둘기가 어떻게 죽었는지 아니?" 하며 화단을 지나
며 덩그러니 추워 보이는 수국에게 말을 건네며 간다. 그리고 하
루도 빠짐없이 울타리 안의 열매를 줍는다.

서진이는 산수유나무 위 까치를 보며,

"까치야! 떡 하려고 열매 따니?" 한마디하고 간다.

"꽃들아! 너희들 모두 어디 갔니?"

빈 화단을 보며 매일 인사하던 꽃을 부른다.

꽃잎이 떨어져 있다.

"꽃잎아! 서진이 유치원 잘 다녀올게~" 인사를 하고 간다.

요술봉 놀이

서울숲에 가려 했는데 피곤한지 2시간 잤다. 잘 잤단다. 잠자느라 못 본 책을 읽더니 그림을 그려 냉장고에 붙인다. 아빠가 오면 보이고 싶은가 보다. 목욕도 안 하고 놀기 바쁘다. 선혜가 퇴근이 늦는 바람에 놀이를 한다. 요술봉을 들고 오더니,

"할머니 개구리로 변해라 앗! 앗!" 한다.

'개굴개굴' 하니, 또 "토끼로 변해랏" 한다.

한참을 하더니 할머니보고 요술봉을 주며 해보란다.

"서진이는 고양이 변해랏!" 하니 '야옹야옹' 한다.

여러 가지를 하다 "엄마로 변해라" 하니 "엄마, 엄마" 한다.

이번에는 "아빠로 변해라" 하니

숨을 가다듬더니 "장모님!" 한다!

'하하하 하하하하.'

아빠가 할머니 보고 장모님이라 하니까 아빠 흉내를 낸다.

배꼽이 빠지게 웃었다! 그때 선혜랑 서진이 아빠가 와서 한바탕 더 웃었다.

'피아노 쳐라' 병

목요일은 피아노 치는 날이라고 정해놓고 오늘 피아노 시간을 뺀단다. 약속을 취소할 수 있단다. 그럼, 나도 내일 문화센터 사이언스 수업가서 사탕 뽑기를 취소한다고 했다.

할머니랑 실랑이를 하다 서진이는, 할머니 상태를 살펴본다고 장난감 청진기를 목에 걸고 할머니 가슴에 댄다.

'피아노 쳐라!' 병이 걸렸다고 한다. 그러면서 티셔츠 안에 고양이를 불룩 넣고 치료를 해야 한다고 한다. 할머니는 서진이가 피아노 치면 '피아노 쳐라' 병이 나을 것 같다고 하며 대굴대굴 뒹군다. "서진아! '피아노 쳐라' 병 좀 고쳐 주라" 하니 깔깔 웃으며 피아노 앞에 앉아 피아노를 친다. 한번 칠 때마다 티셔츠에 있던 인형 고양이들이 나온다. 마지막 인형 고양이가 다 나왔다. 할머니가 "'피아노 쳐라' 병이 다 나았다"라고 외치자 서진이는 깔깔깔 소리 내어 웃으며 즐겁게 피아노에서 내려온다.

잠시 후, 할머니에게 "기분이 어때요?" 한다. 그리고 둘이는 깔깔 재미나게 웃었다. 장난꾸러기다.

몽실이 밥한다

저녁밥을 짓는다. 꽃밥을 해 달래서 각종 야채, 소고기를 넣고 볶고 있는데 고양이 인형이랑 놀던 서진이가 오더니 "할머니 무엇 하세요?"

"몽실이* 밥한다" 하니 손가락으로 갸우뚱 머리를 가리키며 "생각해 보니, 고양이는 고기, 생선, 사료를 먹는다"고 한다.

그리고 "몽실이는 사료하고 뼈다귀를 먹어요"라며 몽실이 밥이 아니라고 한다. (*몽실이는 강아지 인형)

네 말이 맞다! 고양이 밥이야~ 서진아! 저녁 맛나게 먹자!

"할머니 비밀이 있어요" 한다. 무슨 비밀? 힌트를 달라고 하니 안 준단다. 또, 할머니 할 말이 있다며, 서진이는 고양이를 좋아하는데, 할머니랑 강아지만 좋아해서 서진이는 기분이 나쁘단다.

의문이 풀렸다. "할머니가 세상에서 제일 좋아하는 서진이다. 서진이도 할머니가 제일 좋지?" 하니 "할머니가 좋지만, 우리 엄마가 제일 좋다" 한다.

불쌍한 코알라!

날마다 글을 써서 핸드폰에 저장하는 걸 보며 할머니에게 부르는 대로 적어 보란다.

옛날에 고양이가 살았어요.
고양이가 다이아몬드를 갖고 있었어요.
코알라가 와서 보석을 빌려 달라고 말했어요.
고양이 어떻게 한 줄 아세요?
"안 돼" 하고 말했어요.
코알라가 앙앙 울었어요.

코알라가 옆집 로미집에 갔어요.
로미에게 사파이어 두 개를 빌려 달라 했어요.
"안 돼" 하고 코알라한테 소리쳤어요.
하트 핑도 같이요.
그래서 또 코알라는 앙앙 울었어요.

옆집 다인 씨에게 갔지만
다인 씨도 다이아몬드를 안 빌려준다 했어요.
코알라는 또 앙앙 울었어요.

코알라는 마지막 집 에메랄드 집에 가서
사파이어를 빌려달랬어요.
또 "안 돼" 했어요.
코알라는 또 앙앙 울었어요.

불쌍한 코알라!
보석도 못 찾고 부자도 못되고 그만 팔을 다쳤어요.
감기도 걸리고 다리도 다치고
코로나도 걸리고 엄청 아팠대요.
고양이랑 언니랑 코알라를 놀렸대요. <끝>

이야기를 순식간에 만들었다.
불쌍한 코알라를 고양이랑 언니랑 왜? 놀렸대요?

말씨름

　서진이는 유치원에서 선물을 줄 거라고 며칠 전부터 광고하였다. 드디어 오늘은 선물을 받을 거라고 외친다. 머리를 빗겨주니 어제보다 다른 머리로 예쁘게 모양을 내어 달라고 한다. 하나로 곱게 땋고 뒷머리를 늘어트리니 거울을 본다. 마음에 든다고 예쁜 표정을 짓는다. 혼자 잠바 지퍼를 올리려 하니, 안 올라간다고 "왜 안 올라가냐고? 왜 안 올라가냐?"고 낑낑거린다. 방법을 가르쳐주니 지퍼를 쭉 올린다. 흐뭇한 표정이다.

　선물 받는 날이라고 마음에 드는 반짝이 신을 골라 신고 등원길을 나선다. 선물 받는 기쁨을 어떻게 표현할지 궁금하다.

　서진이 빙글빙글 몸을 돌리다가 지나는 할머니의 발에 밟혔다.
　"할머니! 왜 내 손을 밟아요?"
　"서진이가 지나는데 손이 발밑에 지나잖아."
　"그래도 손이 지나면 발을 얼른 떼야죠!"
　"서진아! 너는 발이 지날 때 손을 빼야지~"

각자 생각을 가지고 논리를 편다. 더 재미있어지라고 할머니 주장을 강하게 하자. 서진이도 주장을 강하게 편다.

서진이 논리와 주장이 재미나다. 모든 문제는 양면이 있다. 상식선에서 주장하며 논리를 펴는 멋진 서진이가 되면 좋겠다. 오늘의 문제는 할머니도 서진이도 부주의에 있다. 서진이랑 할머니의 논리는 각자 주장하는 논리였다.

'할머니가 조심 안 해서 미안하구나!'

"고양이랑 하마 중 누가 이길까요?"

서진이가 문제를 낸다. 할머니는 하마가 이긴다고 하고 서진이는 고양이가 이긴다고 한다. 왜냐 하니 하마는 입이 커서 고양이를 한입에 넣을 수 있어서 이길 수 있다고 하자 고양이는 몸이 가벼워 빨리 뛰어 도망갈 수 있으니까 이길 수 있단다.

서진이 답이 귀엽고 재미있다.

"고양이랑 강아지 중 누가 이길까요?"

또 문제를 낸다. 할머니는 강아지가 왈왈 짖어 고양이를 쫓아 이길 수 있다 하자, 서진이는 고양이는 살금살금 강아지보다 잘 뛰어 이길 수 있단다. 어찌해서든 지지 않는 서진이! 많이 이겨라!! 말씨름이 계속된다.

할머니 질문 있어요!

할머니 질문 있어요!
무엇인데?
밤이 먼저일까요?
낮이 먼저일까요?
무엇이 먼저일까?

겨울이 먼저일까요?
봄이 먼저일까요?
봄이 먼저일까?
무엇이 먼저일까?

할머니도 궁금하다.
어떻게 이런 생각을 했니?
설명이 막혔다.

제4장

할머니
나랑 놀아요

색종이를 찢어 붙이며 은행나무라고 한다.
은행나무에 열매도 있다며 동그라미를 그리더니
녹색으로 칠한다.
녹색을 가리키며 무엇이냐 하니
은행잎이 노란색도 있지만 녹색도 있단다.
은행은 구린 냄새가 난단다.

여러 가지 색종이를 도화지에 붙이니 단풍잎이란다.
가위질하고 썰어 놓은 색종이로 놀이하니
서진이의 상상력이 묻어나온다.

할머니 나랑 놀자

『애 앵 모기다』책을 읽어주니,
할머니에게 파리 잡기를 하잔다.
장난감 플라스틱 스푼으로 할머니 엉덩이를 친다.
"앗! 파리는 못 잡고 할머니만 잡았네."
할머니보고 서진이 엉덩이를 치란다.
"앗! 파리는 못 잡고 서진이만 잡았네."
재현 놀이는 실감 난다.

할머니가 응가 하고 싶어 "화장실 간다" 하니
"할머니 나랑 놀자" 한다.
화장실에 앉아 볼일을 보면 쫓아와서
"할머니 힘줘" 또 "화장지 많이 떼면 안 된다"라고도 한다.
화장실 갈 때마다 "할머니 나랑 놀자" 한다.
밤에 자다 생각하니 서진이가 할머니에게 원하는 것이 있었다.

오리 "야옹아 나랑 놀자."

야옹이 "나 지금 좀 바빠, 지금 응가 하는 중이거든."

응가를 다 한 후 "아이 시원해."

책에서 읽은 내용이다.

오리와 야옹이의 놀이를 할머니와 하고 싶었나 보다.

한밤중 서진이의 마음이 읽혔다.

아침이 되었다.

할머니 화장실 간다고 하니 또 "할머니 나랑 놀자" 한다.

"할머니 지금 좀 바빠, 응가 하는 중이거든."

서진이는 재미있어 하며 화장실 변기에 앉은 할머니 무릎에 앉아 할머니를 안으며 끄응 힘주라 한다.

책 읽은 후 놀이는 할머니가 해도 재미난다.

이 놀이는 한동안 이어질 것이다.

몽땅 가지고 도망가자

어린이집 하원 후 집에 오더니, 달걀(장난감) 한 꾸러미를 내밀면서 "몽땅 가지고 도망가자" 한다.

무더운 여름날 엄마 오리가 더위를 피하려 냇물에 풍덩 들어간 사이 고양이(서진이)는 품고 있던 오리알 10개를 몽땅 들고 가 오늘 먹을까? 내일 먹을까? '갸릉갸릉.'

서진이는 고양이가 되어 소파 밑에 쏘옥, 책갈피 속에 쏘옥, 블록 안에 쏘옥, 방석 안에 쏘옥, 자전거 위에 쏘옥, 유모차 위에 쏘옥 숨긴다. 엄마 오리(할머니)가 '꽥꽥' 하자 고양이 서진이는 숨겨놓은 알을 찾는 걸로 놀이가 끝난다.

그리고 숨겨놓은 자리에서 달걀을 빠짐없이 찾아 바구니에 담는다. 아기 때부터 읽어 준 책을 이해하였는지 책 놀이를 한다.

알에서 오리가 나온다는 걸 알았는지 너무 재미있어한다.

놀기 왕 서진이

어린이집에서 잠자고 하원하는데 울며 나온다. 선생님 말씀에 크레파스로 활동하다 마스크에 묻어서 선생님이 양호실로 마스크를 가지러 가셨는데 마스크가 없다고 울었다 한다.

선생님께 "서진이가 친구들과 잘 어울리나요?" 물어보니, 선생님께서 웃으시며 친구들과 장난감 놀이를 하면서 "친구야 너 몇 번 가지고 놀고, 나 줄래?" 하며 잘 지낸다며 많이 웃었다 한다. 언어가 폭발하고 있다. 생각도 자라고 있는 듯하다.

차에 타서 간식으로 젤리를 주니 먹는 동안은 조용하더니 다 먹었는지 운다. 더 달라고 한다. 점심이 부족했는지 배가 매우 고픈가 보다. 차가 밀린다. 이렇게 울어본 적이 없다. 40분 정도 걸려서 집에 왔다. 집에 오자마자 웰, 바나나, 젤리를 먹더니 배가 부른지 인형 동물들에게 맛있는 것을 준다며 재미나게 논다. 배만 부르면 잘 놀기 왕 서진이가 배가 아주 고팠나 보다. 내일은 간식을 준비해야겠다.

바닷속으로 간다

어린이집 하원 시 웰, 과자, 젤리, 사탕을 준비했다. 웰을 어린이집에서 나오면서 쭉 마시더니 젤리를 달라고 한다. 차 안에서 준다고 하니 주머니에 넣는다.

그리고 주차장으로 간다. 엘리베이터에서 지하로 내려갈 때, B2층, B3층 수족관을 지나간다. 서진이가 "할머니 바닷속으로 간다" 한다. 그러고 보니 내려갈 때 느낌이 바닷속으로 가는 듯하다. 그렇다고 바닷속이란다.

바닷속 B3층 주차장으로 간다. 서진이 작은 손으로 B3층을 누르니 옆에 신사가 신기한 듯 "알고 누르니?" 한다.

매일 누르니 잘 안다. 약속대로 차 안에서 준 젤리를 신나게 받아 맛있게 먹는다. 그다음 사탕을 오독오독 깨물어 먹는다.

"서진아, 사탕을 깨물어 먹어? 빨아 먹지?" 하니

"할머니 말하지 말아요" 한다.

깨물어 먹는 것이 더 맛있고 재미가 나는지……

나비가 된 애벌레

집에 와서 나비 날개를 달고, 놀이터로 나갔다.

열매에 관심이 많은 서진이는 열매도 따고 말과 시소도 탄다.

굴을 지나는 애벌레 모형의 미끄럼을 탄다.

굴속을 미끄러져 나오더니,

"애벌레가 번데기에서 나간다"며 "나비 되었네" 하고 펄쩍 내려와서 두 손을 나풀대며, 꽃을 찾으러 간다고 꽃밭으로 간다. 서진이는 나비가 되어 예쁜 단풍잎을 줍고 바스락 낙엽도 밟고 즐거운 한 주일을 보냈다.

일주일간 감기약을 먹었는데 아직도 콧물이 있고 콧속이 아프단다.

"할머니 힘들어요, 업어 주세요."

힘이 들었나 보다. 아가야, 토요일, 일요일, 엄마 아빠하고 주말 잘 쉬고, 또 건강하여라. 사랑하는 서진아!

애벌레의 첫 붕어빵

코로나로 집에만 있다 밖에 나오니 시원하단다. 좋은가 보다. 단풍잎이 다 떨어지는 겨울이다. 빨간 열매 줍는 것을 좋아하는 서진이에게 "단풍잎이 다 떨어졌다" 하니 나뭇가지에 붙은 나뭇잎을 보고 "할머니, 아직도 나뭇잎이 나무에 달려 있어요" 한다.

'서진아! 나뭇잎이 다 떨어지지 않았구나!'

동네 한 바퀴를 돌고 붕어빵 사러 가자고 했더니, "붕어빵이 무엇이에요?" 한다. 세상에 나와서 아직 듣지도 보지도 먹어보지도 못한 붕어빵이다. 붕어 모양의 빵이라고 하니, 이해가 안 되는지 다시 묻는다.

겨울옷 한 짐을 벗고 손을 씻고 크림이 들어있는 붕어빵을 먹으며 맛있다 한다. 드디어 애벌레가 붕어빵을 처음 먹는 역사적인 날이 되었다. 붕어빵 속 팥은 안 먹는다고 한다.

발레 포지션

"발레 포지션 언 투 스리…… 앙 방 아 나방."

할머니는 몇 번 들어도 알 수 없는데 말과 포지션을 따라 한다. 할머니랑 협응하지 않지만 방법은 다 아는 것 같다.

혼자서 하려고 할 때란다. 팬티, 메리야스, 옷 입기, 신발 신기, 밥 먹기, 단추 따기도 혼자 한다고 손도 못 대게 한다.

'서진이 혼자 잘하면 너도 좋고 할머니도 좋고, 어서어서 쭉쭉 자라라!'

진한 핑크색 발레 옷을 입으니 좋은가 보다. 발레복을 입고 조르르 달려가 거울을 본다.

"공주처럼 예쁘다" 하니, "아니야, 나는 고양이야" 한다.

'맞아, 서진이는 고양이지.'

할머니는 토끼를 좋아한다며 토끼를 1층, 2층, 3층 책장에 올려놓고 토끼 아파트를 만들어 준다.

서울숲 소풍

선혜가 코로나 확진자와 접촉하여 서진이도 어린이집에 안 갔다. 그래서 아침 일찍 서울숲으로 소풍 갔다.

망아지처럼 좋아서 막 뛴다. 길가에 나뭇잎도 살피며 열매가 있으면 따고 싶다고 한다. 봄에 꽃피고 열매 맺으면 많은 사람이 볼 수 있게 따면 안 된다고 하니 아쉬움을 뒤로 하고 간다.

길가에 개미도 보고 날아가는 참새도 쫓아 달려가고 지나가는 개들도 만난다. 너무 좋아한다. 그런데 숲에서 전에 만났던 고양이는 없냐고 한다. 서진이는 고양이를 찾고 있었나 보다……

시냇물이 졸졸 흐르는 곳으로 데리고 가니 들어가고 싶다고 한다. 들어가라 하니 냇물에 들어가 두 발을 담그고 물속에 돌을 줍는다. 옷도 젖었다. 냇물을 쫓아가는데 지렁이가 보였다. 나뭇가지로 지렁이를 잡는다고 들썩인다. 지렁이를 자꾸 놓쳐서 할머니가 잡아 물 밖으로 내보였더니 요령을 알았는지 서진이도 지렁이를 물 밖으로 올렸다. 재미있는지 물 따라가며 지렁이 낚시에 혼이 빠졌다.

산수유 밑에 이르니 산수유 열매가 떨어져 있다. 열매 줍기를 좋아하는 서진이는 조그마한 손에 녹색 열매를 가득 주워 나중에 요리하자면서 할머니 주머니에 넣고 또 조약돌을 줍는다.

숲에 이르자 소나무 잎이 떨어져 있다. 마른 잎을 모아서 집을 짓는다고 줍고 또 줍는다. 『돼지 삼형제』 집을 연상하나 보다. 수국 동산에 오니 수국이 너무 예쁘게 피기 시작한다. 보라색 맥문동꽃이 피어있었다.

구경 나온 할머니 보고 "사랑해요" 인사도 하며 할머니를 졸졸 따라간다. 평상에서 쉬다가 운동도 하고, 편안히 쉬는 사람 사이로 호수를 지나며 흔들다리를 겁없이 흔들며 지난다. 물레를 돌리고 포크레인 놀이도 하고 이곳저곳 볼거리 많은 서울숲을 지나서 놀이터로 간다.

하늘이 닿을 만큼 올라가고 싶다며 그네를 세게 밀어 달라고 한다. 힘에 부친다. 힘이 든다. 재미는 있는데 나이 탓일까?

"할머니! 네오가 할머니 보고 싶대요" 한다.

"서진이가 보고 싶은 거 아니고?"

말로도 놀이는 재미있다. 귀엽다!

네오는 서진이가 좋아하는 고양이 인형이다.

봉숭아꽃 손톱 물

어느덧 봉숭아꽃은 풍성해졌다. 어느 누가 봉숭아꽃물을 들이고 싶었는지 따간 흔적이 있다. 서진이에게 꽃물이 안 든 손톱이 있어 꽃잎을 몇 개 땄다. 서진이 손톱에 물을 들이는데 잠을 안 잔다. 잠을 안 자도 손톱에 물은 들여진다고 하여서다.

손톱에 두 번이나 물들였으나 열 손가락에 꽃물이 들지 않았다. 그래서 매일 봉숭아 꽃물들이기 노래한다.

친구랑 경춘선 근처에 있는 호명산 가는 길에 봉숭아꽃이 밭을 이루고 있었다. 주인아저씨에게 말을 하고 봉숭아꽃을 넉넉히 따왔다. 서진이 열 손가락에 봉숭아 꽃물을 곱게 물들여 주었다.

옛날에 할머니도 꽃물을 들였다 하니 "할머니! 왜? 옛날에는 매니큐어가 없었나요?" 한다. 매니큐어는 있었지만 많이 없어서 못 칠하였다니 고개를 갸웃한다.

소금쟁이

시냇물이 흐르는 다리를 지난다. 숲길을 오면서 주운 도토리를 물 위를 달리는 소금쟁이에게 던져 준다. 나뭇잎도 물 위에 띄워 주기도 한다. 어떤 날은 물이 적게 흐른다.

"왜 물이 없지?" 하며 물이 많이 흐르는 곳으로 이동한다. 물 위를 달리는 소금쟁이 이름! 서진이에게 물어서 익히지만 날마다 생각이 안 나 매일 묻는다.

"서진아 저거 이름이 뭐지?"

소금쟁이 기억할 것 같은데 몇 날 며칠 기억 못 한다. 내 머릿속에 기억했다고 한 순간부터 입에서 맴돌 뿐 기억이 없다. 서진이는 지나며 들은 말도 기억하는데……. 심각하다. 여름이 다 지나가기 전 소금쟁이를 기억했지만, 또 언제 잊힐지 모르겠다.

어느새 냇가에 붓꽃이 열매를 맺고 옥잠화도 꽃이 지고 열매를 맺고 있다. 열매만 있으면 멈추는 서진이. 그냥 지나치지 못한다. 무엇인가에 넘어진 꽃 열매를 따주었다. 서울숲 어느 곳에 무엇이 있는지 잘 아는 서진이가 되었다.

누구 똥이야?

으스스한 대나무 숲을 지나며 묻는다.

"할머니 팬더가 어디 있어요?"

"팬더는 무얼 먹고 사나요?"

대나무 숲을 보니 팬더가 생각난 모양이다. 대나무 잎을 먹고 산다는데 팬더가 없으니 묻는가 보다. 호랑이가 나올 것 같단다. 숲속 이야기는 끝이 없다.

호숫가 벤치에 새똥이 있다.

"누구 똥이냐?" 한다.

"새똥이다" 하니 "왜 이렇게 물똥을 싸냐?" 한다.

들고 간 검고(검은 고양이) 꼬리로 새똥을 닦고 벤치에 앉는다. 집에 와서 검은 고양이 목욕도 시키고 빨래를 하며 목욕 놀이로 또 즐겁다. '글쎄 왜 새들은 물똥을 쌀까?' 할머니도 의문이다. 서진이는 새로운 것에 대한 궁금증이 많다.

굼벵이가 물었어요

서울숲에서 주워 온 도토리가 많이 모였다. 도토리 알을 까려면 망치가 필요하다. 장난감 망치를 가져왔다. 바닥에 대고 치니 이리저리 튄다. 껍질과 함께 통째로 튄다. 병따개 사이에 놓고 망치를 치니 도망은 가도 도토리 알은 잘 나온다.

손가락에 맞으니 무척 아프다! 서진이도 해본다고 망치를 친다. 도토리가 튀어 나가도 자꾸 두드린다. 손을 망치로 맞고 울지만 포기하지는 않는다. 한참 두드리다 도토리 알 속에서 굼벵이가 나타났다. 흰 굼벵이가 도토리 살에 박혔다. 두 마리를 유리컵에 넣어주니 껍데기를 밥이라고 넣어준다. 숟가락을 갖다 대고 매미가 나올 것 같다며 굼벵이랑 논다.

너무 졸려서 "10분만 잘게" 하고 잠시 눈을 감았다. 잠시 놀고 와서 "1, 2, 3, 4, 5, 6, 7, 8, 9, 10분이다" 하며 눈을 뜨란다.

"20분 더 잘게" 하니 "1, 2, 3, 4,……19, 20분이다" 한다.

웃겨서 잠이 달아났다. 눈을 떠보니 팔다리가 빨갛게 되어있다. 굼벵이가 물었다고 한다. 개구쟁이~~~ 서진이!

사과는 왜 빨간색인가요?

요즘 그림을 많이 그린다. 주제는 케이크다. 과일, 채소, 각종 크림을 그린다. 시금치, 노각, 호박 등이 있다. 촛대도 그리고 불도 붙인다. 서진이는 4살이니 초를 4개 꼽으라 하니 할머니보다 많이 꼽는다고 쭉쭉 세운다.

색감이 예쁘다. 예쁜 아기 마음에는 예쁜 것이 이렇게 많을까?

그렇지만 서진이는 싫은 것도 많다.

질문을 한다. 서진이 어렸을 적에 무엇을 싫어했냐고 묻는다. 서진이는 지금 4살인데 엄청나게 자란 느낌이 드나 보다.

사과를 그린다며 하트 모양의 둥근 선으로 사과를 그린다. 선과 선을 정확히 연결한다. 색을 칠한다. 서진이가 좋아하는 분홍색으로 시작하더니 바나나, 오렌지, 복숭아, 자두, 청포도를 알록달록 색칠한다.

"할머니! 사과는 왜 빨간색인가요?"

"빛에는 빨주노초파남보 색이 있는데 사과는 빨간색을 좋아하나 봐" 했더니 사과 위에 해를 그려 넣는다.

서진이는 청포도를 먹고 나는 머루 포도를 먹었다. 청포도가 맛있다며 머루 포도를 먹지 않는다.

그리고 주렁주렁 청포도를 그린다. 커다란 컵에다 녹색을 칠하고 청포도 주스라 한다. 할머니는 머루 포도를 그리라고 한다. 보라색으로 색칠하여 그렸더니 서진이보다 조그만 컵을 그려준다.

"나도 큰 컵에다 많이 먹고 싶다"라고 해도 할머니는 조금만 먹으란다. 삐죽하며 진짜 삐진 것 같이 하니까 좀 더 크게 컵을 그린다. 할머니랑 장난치고 싶었는데 진짜 삐쭉한 거 같으니 놀잇거리를 치우고 다시 크게 그려준다.

"서진아! 왜? 할머니는 작은 주스 컵 주니? 나도 너처럼 큰 컵에 많이 먹고 싶어."

"재미있잖아요." 매일 장난치고 싶어 하는 서진이!

할머니는 작은 것도 괜찮고 안 주어도 괜찮아~
서진이의 재미난 생각에 할머니는 배부르단다.
그림을 그리고 그림 주스 시식회를 한다.
달콤해요~~ 새콤해요~~

할머니 놀이터

책을 읽다 침대에 누우니 내 발을 밟고 다리를 밟는다.
이쪽저쪽으로 할머니 몸을 넘나들며 깔깔대고 재미있게 논다.
아프지만, 너무 재미있어하니 멈추라 하지 못한다.
이렇게 재미있는 놀이터가 할머니 몸이라니~
놀이터를 제공한다.
"서진아! 아프다" 해도 마냥 즐겁고 그칠 줄 모른다.
"엄마한테 이렇게 해 본 적 있어?"
"아니요."
"그럼 엄마한테 하면 엄마는 어떻게 할까?"
"화낼 걸요?"
"아빠는?"
"조금 화낼 거예요."
"그런데 할머니는?"
"재미있잖아요" 하며 장난기 서린 웃음을 웃는다.

'재미있다 하니 고맙구나!'
사람마다 상대의 반응을 알아서 행동하는 서진이~

"할머니 미끄럼 해주세요."
침대에 몸을 걸치고 다리를 쭉 뻗치니
쭈르륵 미끄럼 놀이 신이 난다. 할머니 배를 두드린다.
'물렁물렁 참방참방' 맘껏 즐긴다.
"할머니! 찌찌 좀 보여주세요."
신기한 듯 본다.
"서진이는 찌찌 없어?"
"나는 없어요."
할머니 몸은 서진이 놀이터다.

은행알

떨어진 은행알을 보며 꼬린 냄새가 난다고 말한다. 가을에 열매가 익어 구워서 먹으면 쫄깃쫄깃 맛있다고, 가을에 서진이 입에다 쫄깃한 구운 은행알을 넣어 주겠다고 했다.

은행을 볼 적마다 언제냐고 묻는다.

가평 호명산 하산 길, 동네 어귀에 노란 은행알이 떨어져 있다. 서진이에게 줄 은행알 몇 개를 주워 왔다. 하원하면 구워 준다고 하니 은행을 구워 달라고 설친다. 우유통에 은행알 몇 알을 넣고 전자레인지에 넣으니 펑펑 터진다. 껍데기가 터지니 연둣빛 은행알이 예쁘다 한다.

껍데기를 까보겠다고 서진이도 덤빈다. 입에 넣으려니 뜨겁다고 호호~~ 불어서 입에 넣는다. 쫀득쫀득 맛있단다. "연둣빛 은행알이 쫀득쫀득하다"며 맛있게 먹는다.

많이 먹으면 안 되고 기침 날 때 먹으면 약이라 하자 "할머니! 기침 안 나요" 한다. 그리고 또 한 알을 입에 넣는다. 또 먹고 싶은지 "연둣빛 은행알이 쫀득쫀득해요" 한다. 많이 먹으면 안 되고 하루에 3알씩만 먹어야 한다고 하자 알아들었는지 더 달라고 하지 않는다. 말을 잘 알아듣는 우리 서진이 사랑한다.

"할머니! 왜 연둣빛 은행알을 내 입에 넣어 주나요?" 묻더니 서진이가 대답한다. "사랑하는 손녀딸이니까" 묻고 대답한다.
할머니가 서진이 사랑하는 거 아는 거야.

간식으로 아이스크림을 먹는다. "감기에 걸린다" 하니 땀을 씻어 준다고 한다. 겨울에 땀이 없다 하자 은행알 먹으면 된다고 한다. 은행알이 기침에 좋다 했더니 구운 은행알 먹으며 "어! 기침이 안 나네!" 한다.

은행알을 마늘 찧는 곳에 넣고 누른다. 처음에는 바삭 부스러지더니 나중 살짝 누르니 껍데기만 사알짝 깨진다. 껍데기를 깐 은행알을 전자레인지에 넣는다. 연둣빛 쫀득한 은행알이 뜨겁다! 벌떡 일어나더니 손 선풍기를 가져와 바람을 쐬며 식힌다.
"누가 그러던?" 아빠와 할아버지란다.

하루에 한 번씩 "앗! 은행알 안 먹었다" 하며 매일 챙겨 세 알씩 먹는 서진이! 다섯 알 먹는 할머니! 하원 후 간식으로 좋고 놀이로 즐겁다.

우리 손녀딸 어디서 났을까?

하원 후 손을 씻으며 "할머니! 예쁜 손녀딸 어디서 났을까?" 말해 보란다.

"우리 손녀딸 어디서 났을까?"

서진이는 "우리 엄마 뱃속에서 나왔지!" 한다.

그리고 또 "이 늙은이는 어디서 나왔을까?" 말해 보란다.

"늙은 할머니는 우리 엄마 배에서 나왔지" 하니 "모두 엄마 뱃속에서 나오네" 한다.

장난꾸러기 서진이는 아빠, 할머니 티셔츠 속에 고양이 넣고 하나씩 꺼내더니~~ "장난감 고양이는 남자 뱃속, 늙은 여자 뱃속에서 나온다"며 하하하 웃는다. 정말 재미나다!

그림 양털을 오린다. 서진이는 따뜻한 이불솜이 하늘의 구름으로 상상하는가 보다. 하늘의 선녀님들이 구름을 내려 주면 사람들이 받아서 뜨개질해서 옷도 만들고 이불을 만든다고 한다. 현실을 뛰어넘는 상상력에 웃는다.

엄마가 보고 싶어요

자고 일어나더니 "할머니 엄마가 보고 싶어요."

"엄마가 회사에 안 가면 좋겠어요" 하며 징징댄다.

"엄마가 회사에 안 가면 어찌하니?"

"아빠가 벌어오는 걸로 하면 되지" 한다.

너무 논리적이다. 엄마 보고 싶은 서진이 마음이 짠하다. 회사에 다녀야 먹을 것, 입을 것, 좋아하는 걸 살 수 있는 걸 서진이는 알고 있다.

"할머니, 엄마가 보고 싶어요."

"할머니도 엄마가 보고 싶어요?"

"응."

"하늘나라 갔어요?"

"응, 하늘나라 갔어."

"그럼, 새엄마는 없어요?"

"응, 새엄마는 없어~"

『콩쥐 팥쥐』,『신데렐라』책 읽고 새엄마를 안다.

할머니는 누구 응원할까?

"할머니, 나한테 잘해주더니 왜 오늘은 안 잘해주는 거예요?"

양치질하는데 논다고 막 돌아다닌다. 군기를 잡으려 하니, 눈치 빠른 서진이가 알아차리고 며칠 전 쓰던 말을 오늘도 한다.

'할머니가 이제부터 다섯 살이니까 좀 군기를 잡아야겠어.'

씨름하는 책을 보고 "할머니 씨름하자" 한다.

"서진아, 너 왜 이리 힘이 센 거야?"

"점심을 많이 먹었나 보다" 하며 밀고 당기며 놀이를 한다.

서진이는 "할머니는 누가 응원할까?"

"삼촌이 하겠지!"

"엄마는 서진이 응원할 걸, 아빠도 딸을 응원할 거야" 한다.

"그럼, 장미정 할머니는 누구 응원할까?"

아마도 고모(딸)를 응원할 거란다.

숨바꼭질

날씨가 무척 덥다.

서진이는 더위를 아랑곳하지 않는다.

하원 차에서 내리자마자 놀이터로 달린다.

"날 잡아 봐라" 하면서…… 귀여운 서진이.

말 운동기구를 타고 시소에 오르내리고 그네를 탄다.

그다음은 모래 위에 고양이를 그리고 개미도 잡고 또 날 잡아봐라 놀이를 하며 뛰며 달린다. 또 훤히 보이는 나무 뒤에 얼굴만 가리고 찾으라는 숨바꼭질도 한다.

얼굴만 가리고 서진이 찾아보란다.

"서진아! 어디 있니? 어데 있지?"

더운 날씨인지라 얼른 집에 들어가고 싶다. 그래도 오줌이 마렵거나 실컷 다 놀아야 집에 들어간다.

양 갈래 머리

"서진아! 너는 엄마에게 '사랑해요. 사랑해요' 많이 하면서 할머니에게는 조금 하니?" 서진이는 말한다.

"사실은요. 우리 엄마가 더 좋거든요."

"왜?"

"우리 엄마가 할머니보다 더 예쁘고, 할머니가 못 하는 거 잘하잖아요." 엄마보다 더 좋은 이가 세상에 또 있겠나? 그래도 서진이가 할머니 많이 사랑하는 거 알지요.

머리를 양 갈래 묶으면서 서진이가 말한다.

"할머니! 엄마도 양 갈래 묶었어요?"

"응."

"그럼, 무엇으로 묶었어요?"

"고무줄로 묶었지."

"그럼 무슨 색으로 묶었어요?"

"너처럼 분홍색으로 예쁘게 양 갈래 묶어 주었지."

거북아! 나와라

하원 후 서울숲에 가자 하니 간식을 준비해서 가자고 한다. 옥수수빵과 음료수를 갖고 씽씽카를 타고 간다. 시원해진 바람과 씽씽카는 달린다. 숲에 이르자 벤치에 앉아 간식을 먹자 한다. 철에 맞지 않게 핀 목련꽃 앞에서 사진 찍어 달라며 포즈도 잡는다. 그리고 먹던 옥수수빵을 바닥에 던진다. 간식을 먹는 동안 빵에 개미가 어디서 왔는지 어느새 바글바글한다. 서진이는 개미에게 말을 하며 즐거운 시간을 보낸다.

숲 사이 꽃 이름을 이야기하며 나비 정원까지 갔다. 시간이 늦어서 관람은 못 하고 수샘 연못에 이르렀을 때 물 위에 소금쟁이만 떠 있고 거북이는 보이지 않자 서진이는

"거북아! 나와라. 거북아! 나와라."

거북이를 부른다. 언젠가 왔을 때 그때도 오늘과 같이 거북이가 보이지 않았다. 서진이가 부르니 다섯 마리가 나왔었다. 그 기억에 오늘도 거북이를 부르니 세 마리가 또 나왔다.

거북이가 서진이 소리를 듣는 걸까?

꽃 박사, 열매 박사

사과 열매를 보이려고 사과나무 길로 왔으나 이미 다 수확했는지 없었다. 길가에 새빨간 꽃이 예쁘다.

'칸나꽃'이라 하니 "할머니는 꽃 박사예요?" 한다.

꽃 박사 되게 꽃 이름을 많이 알아야겠다.

열매 줍기를 좋아하는 서진이가 화단에서 열매를 줍는다. 떨어진 장미 열매를 줍더니 또 다른 열매를 주우며 "너도 밤이다" 하며 할머니에게 준다.

"왜 이게 밤이냐?"

"밤처럼 생겼잖아요" 한다.

살펴보니 밤은 아닌데 밤 같다. 이름도 잘 짓는구나!

서울숲에 가면 보이는 열매라서 관리원에게 물어보았다. 마로니에 열매인데 다른 이름으로 '너도밤나무 열매'라고도 한단다.

서진이가 어디서 누구에게 이름을 배웠나? 할머니는 서진이 덕분에 또 열매 박사 이름 얻겠다.

옛날에는

아침밥을 먹으며……

"왜? 옛날 사람들은 가난했어요?" 한다.

전래동화 보면 가난한 사람들이 등장한다.

그곳에서 가난한 사람을 알았을까?

옛날에는 가난했지! 채소 심어 먹고 나무 열매를 먹고 살았다고 하니, 서진이는 "맞아요. 물고기도 먹었어요" 한다.

"맞아 지금보다 가난하게 살았지! 그런데 사람들이 냉장고를 만들어 음식을 상하지 않게 하고, 세탁기를 만들어 빨래하는 동안 밥도 하고 다른 일들을 할 수 있었단다. 필요한 사람이 많아지자 공부를 많이 한 사람들이 많이 만들어 여러 사람이 사서 쓰니까 부자가 된 거야."

"엄마도 공부를 열심히 해서 회사에 가서 일하는 거야" 하니

"나도 열심히 공부해야지" 한다.

5살 서진이랑 이야기는 수준이 있고 흥미롭다!

선생님 깃발

하루가 다르게 날씨의 변화에 따라 서울숲이 예쁘게 물들어 가고 있다. 며칠 전부터 "도토리가 아직 있냐?"고 묻는다. 오늘은 오래간만에 서울숲을 자전거를 타고 간다. '따릉따릉' 자전거를 타며 씽씽카보다 쉽다고 한다. 아직은 서툴지만 조심스레 잘 간다. 서울숲에 이르자 "아름답다" 한다.

자전거로 달려가더니 나무 아래 열매를 줍는다. 열매가 많지는 않지만 주울 만큼은 있다. 이쪽저쪽 나무 아래로 다니며 줍는다. 자전거는 뒷전이 되었다.

나무 밑에 있는 고양이를 발견했다. 살며시 다가가 만지려 하자 서진이 마음을 모르는 고양이는 저쪽으로 도망간다.

이동하여 놀이터에서 검은 고양이 인형과 미끄럼틀을 탄다. 놀이터에서 많이 놀고 "다른 곳으로 이동하자" 한다. 나무 열매를 보며 오늘은 인형 고양이에게 줄 거라며 줍는다.

서울숲의 길이 단풍으로 물들어 가고 있다. 단풍잎이 예쁘다고 하면서 오는데 목과나무가 있다. 열매를 찾지만 없다고 한다. "바람이 안 불어 없다" 하자 아쉬운가 보다. 그래서 다른 모과나무 있는 곳으로 가자 하니 자전거를 타고 따라온다.

오랫동안 자전거를 타서 어려울 텐데 목과를 찾아간다. 전에는 푸른 목과를 이곳에서 주웠는데 오늘은 열매가 노랗게 익어 나무에 달려 있었다. 목과가 안 떨어졌으면 어쩌나 하고 두리번거리니 커다란 목과가 풀섶에 있었다.

서진이는 좋아라고 하면서 자기도 찾는단다. 또 조그마한 것이 발견되자 너무 좋아한다.

그리고 숲을 다니며 할머니에게 꺾어진 나뭇가지를 주워 주며 '선생님 깃발'이라고 하며 할머니를 '선생님'이라고 부른다.

돌아오는 길에는 다시 '권순이 할머니로 변신' 한다.

너무 재미나고 즐거운 소풍이었다.

누가 들어도 예쁜 말!

　서진이가 출근하는 선혜를 보며, "엄마! 엄마가 보고 싶을 것 같아요" 하며 아침 인사를 한다. 등교하며 할머니에게 작은 손가락으로 하트를 보이며 인사를 한다.

　발레 문화센터에 갔다. 교실 안에서 밖에 있는 할머니와 눈이 마주쳤다. "할머니! 사랑해요" 한다. 저녁 집에 올 때도 할머니를 부르더니, "할머니! 사랑해요" 한다. 얼마나 사랑스러운 말인가? 할머니는 마음에 기쁨이 넘친다!

　발레 수업을 마치고 마트 3층 서점에서 인물 스크래치북를 사 주었더니, "할머니 고맙습니다" 한다.

　누가 들어도 기분 좋은 말!

　"보고 싶을 것 같아요!"

　"사랑해요!"

　"감사합니다!"

　예쁘고 사랑스러운 서진이!

　할머니도 "사랑한다! 하늘만큼! 땅만큼!"

장갑보다 더 따뜻한 고구마

서진이 하원 시간에 맞춰 에어프라이기에 고구마를 구웠다. 노란 종이봉투에 담아 차에서 내린 서진이에게 건넸다.

"고구마다!" 하며 서진이 손에 쥐여 주니,

"장갑보다 더 따뜻하다" 한다.

냄새를 맡으며 얼른 먹고 싶단다. 놀이터를 항상 들르지만 오늘은 놀이터 이야기도 안 꺼내고 집으로 달려간다.

집 오는 길에 서진이가 아파트 관리 아저씨에게 따뜻한 고구마 하나를 드린다. 관리 아저씨는 언제나 우리 서진이 인사를 받아 주시고 먼저 인사해 주시는 분이다.

버터를 발라 고구마를 먹는다. 맛있단다.

하나 반을 먹고 오후 발레를 갔다.

안녕 국화꽃아!

가을 낙엽이 아쉬움을 남기고 떨어지고 있다. 길을 가며 서진이는 낙엽을 줍는다. 열매 줍기를 좋아해 해마다 대추나무 밑에서 열매를 줍는 것이 행사였는데 올해는 아파트에서 날 잡아 대추를 땄는지 잎도 다 떨어지고 대롱대롱 꼭대기에 약간의 대추가 새 밥이 되어 남아있다.

그래도 서진이는 날마다 나무 밑으로 가서 눈을 씻고 대추를 찾는다. 터진 것, 찌그러진 것 중에 가끔 온전한 것이 한 개 아니면 두 개가 눈에 띈다. 언제까지일지 모르지만, 나무에 대추가 없어질 때까지 나무 밑을 계속 갈 것이다.

아직 산수유 열매가 간간이 떨어져 있다. 산수유를 비롯하여 맥문동 열매를 주워서 할머니 주머니에 넣고 등원을 한다.

하원하여 낙엽을 줍고 열매들을 놓고 모래놀이를 하다 케이크를 만든다고 한다. 잎을 모아 쌓아 동그랗게 만들더니 나뭇가지를 가지고 와서 생일 케이크 초라고 꽂는다.

그러더니, "말벌아! 말벌아 애벌레하고 케이크 먹자!" 한다.

"애벌레야! 몇 살이니?"

"5살."

'그래! 우린 꿈꾸는 애벌레와 말벌이지!'

"안녕 국화꽃아! 너희 옆에 친구들이 있어" 하며

노오란 국화꽃 송이를 만진다.

길에서 주워 온 나뭇잎을 꽃 위에 놓고

"선물이다" 하며 인사를 하고 간다.

국화는 서진이의 가을 친구다!

아침에 눈발이 날린다. 추위에 무장을 하고 등굣길에 오른다.

매일 열매를 줍는 서진이는 길가의 나무에게

"산수유나무야 춥지 않니? 비둘기가 죽은 건 아니?" 한다.

며칠 전 화단 안에 비둘기가 죽어 있는 걸 서진이가 보고 산수유나무에게 말을 한다. 길가로 돌아오니 은행나무 잎이 다 떨어지고 열매만 보인다. 은행 열매가 눈발 날리는 사이로 보인다.

"할머니! 은행나무 안 추운가? 물어보세요" 하며

서진이도 "은행나무야 안 추우니?" 한다.

고양이 엄마! 토끼 엄마!

감기로 유치원에 못 갔다.
그래도 놀고 싶다.

"서진이는 고양이 엄마."
"할머니는 토끼 엄마" 하라고 한다.
고양이 한 마리를 데리고 와서 토끼 엄마에게
"토끼는 왜? 눈물을 흘렸어요?"
"고양이랑 놀고 싶은데 안 놀아 주어서요" 하니
고양이 또 한 마리를 가져온다.
"왜? 토끼는 울었어요?"
"토끼는 친구도 없고 놀 사람이 없어서."

이번에는 두 개 리본을 고양이에게 달아 주며
꼬리에 리본까지 달아 준다.
두 마리 친구 고양이는 결혼한단다.

또 "토끼는 왜 울고 있나요?"
"고양이는 예쁜 리본도 두 개 있고 꼬리까지 리본도 달고
신랑 신부도 되고 매일 놀 친구가 있는데
토끼는 매일 혼자 할머니하고만 노니
친구가 없어 운다"고 하니
새끼 고양이 두 마리를 가져오더니,
'고양이 새끼'라고 한다.

또 "왜? 토끼는 울고 있나요?"
"고양이는 신랑 신부가 되고,
예쁜 고양이 새끼도 있는데
토끼는 놀 친구가 없어 운다"고 하니,
새끼 고양이를 한 마리 건네주며
"아기 고양이 하고 놀라"고 한다.

재미가 난지 할머니 보고
"토끼 엄마! 토끼 엄마!" 부른다.
하루 종일 토끼 엄마가 되었다.

눈 오는 날

하늘에서 펄펄 날리던 눈이 서진이 하원 길에 수북이 쌓였다. 차에서 내리자마자 쌓인 눈으로 달려가 맨손으로 눈을 뭉친다.

"장갑 껴야지~~~ 서진아!"

"할머니! 운전기사 선생님이 눈사람은 사람에다 눈을 붙이면 된대요. 으하하."

기침 감기약을 병원서 받고 장갑을 끼고 놀이터로 갔다. 할머니랑 눈싸움 눈공을 만들고 눈에 누워보기도 한다.

눈사람 만들기를 하였다. 눈사람1, 눈사람2를 만들고 집에 가려니 한 마리 더 만들자 한다. 눈사람3을 만들고 집에 오려니 '으하하' 웃는다. '눈사람 3마리'라고 하면서…….

눈사람은 명이라 해야 하나? 할머니도 모르겠다!

유치원 운전기사님께서 눈사람은 사람에게 눈을 붙이면 눈사람이 된다고 했는데, 눈만 뭉쳐도 눈사람이 되네요. 신나는 눈 오는 날 놀이다!

아침에 흰 눈이 펑펑 내린다. 서진이는 바둑이가 된다. 눈 위를 걸으며 발자국을 낸다. 할머니랑 발자국 내기 시합을 한다. 서진이 한 발자국, 할머니 한 발자국 낸다. 할머니가 두 발을 펄쩍 뛰어 두 개 발자국을 내니 서진이도 발자국을 내며 "서진이 발자국이다" 하며 두 발을 펄쩍펄쩍 뛴다. 눈이 오면 놀고 싶지만 할머니가 추운데 놀면 병난다고 봄에 놀자 한다. 맞아, 할머니는 추운데 가면 병나지! 지난번에도 병이 났었으니까. 기억하고 절제하는 서진이가 예쁘다!

날씨가 추워서 서진이 집에서 이틀을 잤다. 영하 15도다. 아침에 일어나더니, 방귀를 '뽀옹' 뀐다. 방귀를 손에 잡고 와서 할머니 코에 대며 먹으란다.

"아이구 맛있다! 서진이 방귀" 하니 방귀를 또 뀌더니 손에 쥐고 와서 코에 또 댄다. "아이구 맛있다 서진이 방귀~~"

아침에는 방귀가 자꾸 나오는지 세 번째 방귀를 또 들고 온다. 세 번째 방귀도 "아이구 맛있다. 서진이 방귀" 하니, 깔깔깔 웃으며 또 나오면 방귀를 코에 댈 태세다.

어제도, 그제도, 그끄제도 그러더니 또 방귀가 나오면 할머니에게 달려오겠지! "아이구 맛있다 우리 서진이 방귀~~" 나도 서진이가 언제든 오면 서진이에게 사랑을 표현할 것이다.

서진이가 직접 그린 악보

아침에 할머니더러 피아노를 치란다. 피아노를 칠 적마다 간식을 주었더니 할머니보고 피아노치고 '아몬드 프로지'를 먹으란다. 악보를 찾으니, 서진이가 만든 악보를 가져다준다.

"서진이도 피아노를 치고 간식을 먹으니, 할머니도 피아노 치고 간식 빨리 먹어야지!" 하며 피아노를 쳤다. 그러자, 서진이는 "어서 간식을 먹어라" 한다. 할머니처럼.

피아노 생각 주머니가 커졌단다. 할머니도 생각 주머니 키워야지 하니 서진이가 더 커질 거란다.

저녁이 되니 또 피아노를 9번 치라고 한다. 9번을 치니 서진이도 3번을 잘 쳤다. 손가락 번호로 쳤던 음을 계이름 악보로 치며 음을 친다. 지난번 배웠다고 한다. 기억력이 대단하다.

오늘은 피아노를 치자고 하니 안친다고 한다. 피아노가 중요한 게 아니라며 왜 할머니는 자꾸 치라 하냐며 거절한다. 몇 번을 거절하기에 "그럼, 교본 계이름이라도 읽자" 하니 읽는 건 한다.

계이름과 노래를 읽으니 재미난지 할머니 없을 때 피아노를 칠 거란다. 그럼, 그렇게 하렴~ 다음날 피곤한지 서진이는 늦게까지 잤다.

"할머니 없을 때 피아노 쳤나?" 하고 물으니 "아이고 못 쳤다"고 한다. 저녁밥을 먹는데 피아노 소리가 난다. 약속을 지키는 서진이라며 손뼉을 쳐주니, 선혜 뒤에 숨는다. 한 발짝 뛰기가 어렵지만 재미나는구나! 계이름, 손가락 번호, 건반도 잘 누르면서 할머니랑 어려운 피아노 고개를 넘고 있다. 누가 이길지는 할머니의 노력에 달려 있다. 작년 9월부터 시작한 등교 전 15분 수업은 아직 무탈하게 진행하고 있지만, 이탈 작전이 서진이에게 조금씩 진행되고 있다. 서진아~~ 그래도 너는 할머니 꾀를 아직 못 넘기고 있다. 자연스러운 서진이의 학습 방법이 되면 좋겠다.

피아노를 안 친다고 하여 할머니는 속상해서 삐진 척했다. 하자고 하는 거 안 해서 할머니는 너랑 안 논다고 하니, 서진이도 할머니 없이 혼자 놀 수 있단다. 할머니는 옷으로 얼굴을 가리고 소파에 누웠다.

서진이 할머니 없이 그림을 그린다. 혼자 중얼거린다. 할머니 들으라는 듯이…… 할머니 없으니 콧구멍도 맘대로 팔 수 있고 고양이도 더 예쁘게 그릴 수 있다고 한다. 할머니를 선생님께 이를 거란다. 친구들에게도 우리 할머니는 피아노 치라는 버릇이 있다고 말할 거란다. 할머니 없이 그림을 혼자 그리니 얼쑤절쑤 재미있다고도 한다. 할머니는 웃음을 참으며 눈을 사알짝 뜨고 쳐다보지만 혼자 조잘거리며 그림만 그린다. 잠시 피아노방으로 들어가더니 교본 계이름을 읽는다. 어떤 마음일까? 나와서 또 할머니가 들으라는 듯 서진이는 할머니 없이도 고양이 왕자도 공주도 멋지게 그린다며 그림을 그린다. 한참 뒤 눈을 마주쳤다. 할머니 곁에 다가온다. "할머니 없이도 잘 놀 수 있지?" 하니 또 그렇단다. 그래서 다시 삐진 척하니 잠시 후 피아노 방에서 소리가 난다. 미미파솔솔파미레도도레미미레레미미미파솔솔파미레도도레미레도도 3번을 친다. 우리 서진이는 할머니의 마음을 안다. 할머니는 사탕 통을 가지고 와서 서진이에게 선물을 한다. 서진이는 할머니를 이겼다고 한다. 할머니는 사탕 빼앗겼다고 앙앙앙 울고 웃는다면서 서진이 왈 예쁘게 속여서 할머니를 이겼다고 얼쑤절쑤 한다. 서진이가 이겼다!

예쁘게 속였다는 말은 할머니가 시키지 않고 스스로 피아노연습을 했다는 뜻이다. 할머니 없을 때 친다고 스스로 말을 했었다.

다 마치고 "서진이 할머니 좋아?" 하니 "할머니 사랑해요." "할머니도 서진이 사랑해."

요즘 놀이로 '말씨름' 하자고 한다. 할머니랑 이렇게 말하는 것이 재미있는지, 몸씨름, 팔씨름, 줄다리기에서 말씨름까지 하잔다. 또 어떤 씨름이 나올까?

제5장

서진이 애벌레와
할머니 말벌 이야기

목욕하고 옷을 입히려니, 요리조리 돌아다니며 할머니를 놀린다. 로션을 발라야 피부가 따갑지 않다는 걸 알면서, 장난을 치려고 요리조리 피하여 도망 다니며 장난이 쉬지 않는다.

춥지 않게 빨리 옷을 입힌다는 것이 메리야스를 안 입히고 겉옷을 입혔더니 '깜빡이 할머니'란다.

마스크를 안 쓰고 집으로 돌아가다 생각이 나서 마스크를 가지러 다시 서진이 집에 오니, 할머니는 '깜빡이 할머니'란다.

맞아, 할머니는 깜빡이구나.

어린이집에서 잠을 자기 시작하였다.

잠을 자고 일어나면서 "할머니가 보고 싶다, 권순이 할머니가 보고 싶다"고 한다. 하원하려 어린이집에 가니 선생님께서 '권순이 할머니' 맞느냐고 하신다. 그렇다 하니 선생님과 함께 웃었다.

할머니는 두 번째

한 해의 마지막 날, 서진이는 배가 부르니 잘 논다. 책을 보다 나비가 되고 싶다면서 만든 나비를 가져왔다. 서진이 등에 업혀 주니 더 신이 나서 발딱발딱 뛴다. 방방을 뛰다가 언제 방에 들어 갔는지 울음소리가 났다. 가보니 귀에 피가 나고 있었다. 나비 연결 고리에 찔린 듯하다. 날씨가 추운데 병원에 어떻게 갈까?

바지를 입히고 추울까 봐 옷을 덧입혔더니 "왜? 또 바지를 입느냐?" 한다. 피부과에 가니 큰 병원으로 가라 한다.

울다가 사탕을 주니 울음 뚝 그친다. 병원에서 수면 마취하고 꿰매야 한다고 응급실에서 3시간 대기하란다. 서진이가 병원을 두리번 거리더니, "청진기도 없다~ 주사기도 없다~ 간호사도 의사도 없다~ 왜 없지?" 한다.

서진이가 생각하는 병원을 확인하나 보다.

두 개의 의자를 보고 "엄마는 어디 앉지?"

할머니랑 애벌레는 의자에 앉았는데 엄마의 앉을 자리를 생각하나 보다. 서진이는 엄마를 기다린다.

대기실이 비어 있다. 궁금한지 "여기는 누가 들어가냐?"고 묻는다. 주변이 너무 궁금하다.

그사이 엄마가 오니, "할머니는 두 번째다" 한다.

수면 마취를 하니, 놀던 아이가 눈을 뜨고 잔다.

가슴이 벌렁거린다. 귀를 꿰매고 잠시 후 잠에서 깨어난다.

"잘 잤다~ 애벌레 빠지직!" 한다.

주사 놓을 때 받침대를 했는데 "어디 갔냐고? 어디 있냐?"고 한다. 잠에 취한 상태에서 놀 때 상황을 말한다. 마취가 덜 깬 상태라서 혀도 부드럽지 않고 일어나려 하는데 목을 못 가눈다.

서진이 모습이 안쓰럽고 우습기도 하다. 엄마 무당벌레 쪽으로, 할머니 말벌 쪽으로 뒹굴며 말을 한다.

찬 바람이 불고 춥고 정신없는 시간을 보냈다.

감사한 것은 얼굴이 아니고 귀라서 다행이다. 감사하다.

겁은 났지만 시간이 또 해결하게 하심이 감사하다.

안자는 겨?

잠잔다고 고양이 수를 센다.

"고양이 한 마리, 고양이 두 마리, 고양이 세 마리, 고양이 네 마리…… …… …… 고양이 예순 마리."

'잠들었겠지!' 하고 세기를 멈추었는데 "또 몇 마리야?" 한다.

'아 쿵! 안자네.'

"예순하나, 예순둘…… …… …… 백 마리."

할머니랑 서진이는 고양이를 세다 잠이 들었다.

밥 잘 먹으면 키 크고 얼굴이 예뻐진다니깐 밥을 한 숟가락 푹 뜬다. 고기를 먹고 다음에 버섯을 먹으라니 나중에 먹는다고 한다. 버섯 먹으면 키가 큰다고 했더니 한입 크게 버섯을 먹고 의자에 올라가서, "나 키 컸다" 하며 식탁 전등을 잡으려 한다.

"크~ 다~ 우리 서진이 많이 또 컸네" 하니 기분이 좋아서 '으하하하' 찰떡 웃음을 웃는다.

우리 서진이는 승부욕이 강하다!

잠을 왜 자요?

잠을 자자 하니, "할머니 잠을 왜 자요?"

"많이 움직이니 피곤해 쉬는 거야."

"나 안 피곤해요. 놀거예요" 한다.

일찍 목욕시켜도(오후 3시 30분), 늑대가 온대도, 자장가를 불러 주어도 안잔다. 눈 감는 척하다 퍼즐을 한다고 한다.

놀다 "쉬하고 싶어요" 하며 실수도 안 하고 응가도 길게 건강하게 본다. 서진이 변기까지 닦으려는 어린 어른이 되어서인가 잠을 안 잔다.

"자석은 왜 자꾸 붙어요?" 한다.

"철에 붙는다" 하니 냉장고, 싱크대, 문 등에 자석을 붙여 본다.

책을 가져와 동물 똥 모습을 보고 재미있단다. 동글동글 토끼 똥, 뿌지직 소똥, 오리는 물속에서 똥을 눈다고 하고, 달팽이는 먹는 것에 따라 똥 색깔이 다르다고 한다. 그러고 보니 자연 관찰에 관심이 많다. 자신의 변화에 대해 많이 묻는다.

할머니는 백내장 수술을 해서 안약을 자주 넣는다. 안약을 넣으니 눈물이 흐른다.

"할머니! 왜 울어요?"

서진이가 밥을 안 먹고 돌아다녀서 눈물이 나온다고 하니 "할머니 내가 안아 줄게요" 하며 꼬옥 안아 준다. 서진이가 울면 선혜도 서진이를 안아 주니까.

간식을 먹으면서 "난, 할머니가 제일 좋아요" 그리고 "우리 가족이 제일 좋아요" 한다.

저녁때 집에 오려 하니 다른 날처럼 전화기를 감춘다. 할미니와 집에 갈 때까지 장난이다. 할머니 흉내내며 서진이는 "선혜야 전화기 가져오너라" 하며 뽀로로 인형을 준다. 서진이가 주는 선물이다. 할머니 간다고 문도 열어주고 안녕! 안녕! 인사를 한다.

서진이 계산법

예쁜 서진이가 할머니보고 간식을 먹고 싶다고 한다.
할머니가 밥 먹고 간식 먹으라 하기 전에
"간식 먹고 밥 먹을게요" 하며 딸기 맛 초콜릿을 달라고 한다.
"할머니가 딸기 맛 빼빼로 줄까?" 하니,
"큰 것 먹을래요" 한다.

알고 싶은 것이 많아 책 한 권 읽을 때마다 국어 공부하는 것처럼 낱말을 물어본다. 핸드폰으로 낱말 풀이를 한다. 핸드폰이 유용하다. 서진이에게 맞게 설명하는 것이 숙제다!
우리 서진이 커서 무엇이 될까?

하원 때 감말랭이를 찾으며
"할머니! 간식 무엇 가져왔어요?"
"우유를 가져왔다" 하니
"그다음은 무엇 줄 거예요?" 한다.

"무엇 먹고 싶냐?"

대답이 없다.

집에 와서 잠을 자고 난 후 의자를 쭈르르 밀고 간식 있는 곳으로 간다. 바구니를 꺼내란다. 단맛을 찾나 보다. 냉장고를 열어 감말랭이를 찾는다.

"서진아! 몇 개 줄까?"

4개 달라고 한다. 달라는 만큼 주었더니 퍼즐을 한다. 32조각의 퍼즐을 맞추었다. 머뭇거리며 또 냉장고로 간다.

감말랭이를 또 먹고 싶은가보다. 퍼즐을 다 맞추고 준다고 하니 자꾸 달라고 한다. 조금 전에 먹어서 2개를 준다고 하니까 4개 달라고 한다.

"서진아! 왜? 4개야?"

"할머니! 서진이가 4살이니까 4개 먹을래요" 한다.

그래서 4개 달라고 했구나!

서진이에게 뭐든 4개만 주면 되겠다!

서진이 계산법을 알아버렸다.

재미있잖아요!

서진이에게 초콜릿을 주며 "나도 먹고 싶다" 하니 조금만 준다며 손톱만큼 준다. 너무 작다고 다섯 개 중 하나를 달라고 했다. 서진이는 손톱만큼만 준단다. 둘이서 씨름한다. 눈시울을 붉히며 울려고 한다.

"서진이 사랑하니까 서진이 다 먹어라. 나는 쪼끔 먹을게" 하니 "할머니! 서진이 마음만 받으세요" 한다.

"이 말은 어디서 배운 거야?" 아빠가 그랬다고 한다.

"그래 할머니는 서진이 마음만 받을게!"

'초콜릿이 그렇게 맛있니? 서진아?'

밥, 과자, 과일 무엇이든 선혜에게는 제일 큰 거, 서진이도 제일 큰 거, 할머니는 작은 것 가지란다. 그러면서 삐쭉여 보라는 둥, 눈물을 흘려 보라, 울어 보라고 한다. 자꾸 반복한다.

"서진아! 너는 왜 할머니만 작은 거 주는 거야? 그리고 삐쭉 울어 보라는 거야?" 하니 "재미있잖아요!" 할머니를 놀리는 게 재미있단다.

권순이 할머니

"권순이 할머니 어디 계세요?"
"여기 오세요. 인형 갖다주세요" 요구한다.
가끔은 서진이가 가져오라면 같이 가자고 손을 잡는다.
저랑 잘 놀아 주고 말을 잘 들어주니까 이제는 '우리 권순이 할머니'란다.

어린이집에 다녀왔다.
"감기 때문에 못 놀았니?" 하니 못 놀았다고 한다.
"어데 아팠나? 하니 "팔다리가 아팠다" 한다.
마사지를 해주니 시원하단다. 쯔쯧~~~
몸살이 난 모양이다.
머리도 마사지해주며,
"서진이도 할머니 아프면 마사지해 줄래?" 하니,
마사지해 준다. 품앗이꾼 하나 만들었다.

저녁을 먹는데 다리가 아프다고 한다.

"왜? 아프니? 어디서 많이 뛰어놀았니? 발레할 때 많이 뛰었나 보다" 하니 오른쪽 다리, 왼쪽 다리가 아프단다.

팔다리를 마사지하며 "머리는 안 아프냐?" 하니 머리는 딱딱한 뼈가 있어 안 아프단다.

밥을 먹다 말고 침대에 눕는다. 마사지해 주었더니 시원하단다. 가마솥에 누룽지 놀이까지 해 달라고 한다. 등을 북북 누룽지를 긁으며 팔다리, 귀까지 구석구석 마사지하니 괜찮아졌는지 밥을 잘 먹는다.

선혜가 회식이라 늦게 오자 현관문으로 가더니 엄마를 깜짝 놀라게 해준단다. 놀이는 서진이의 즐거움이다. 맥포먼스로 놀이하더니 5층의 기차를 만들어 택배를 받는 문까지 만든다. 예쁜 마당도 만든다. 놀이에 깊이 빠져 논다.

새벽에 몸이 아파 잠이 깨었다. 서진이도 할머니처럼 몸살이 났었나 보다. 우리 예쁜 아기가 많이 아팠을 거라 생각하니 마음이 아파진다. 잠이 안 온다.

사무엘 묵상하며 압살롬의 죽음 앞에 다윗이 아파하는 아버지의 마음을 본다. 하나님의 마음이 부모님의 마음임을 알게 하는 시간이 되었다.

행복해

양말, 토시, 전화기…… 할머니 소지품을 모두 감추었다. 양말, 토시는 서진이 목욕할 때 벗어 놓으면 그때 감춘다. 집에 오려 하니 또 서진이의 장난기가 발동하였다 .

"어디 숨겼느냐?" 하니 깔깔 재미있게 웃는다.

"서진아 무엇 먹고 싶니? 젤리 먹고 싶지 않니?" 해도 아무것도 먹고 싶지 않단다. 이곳저곳 찾아도 감이 안 온다. 할머니가 찾지 못하는 곳에 감춘다.

"어디 있니?" 민트사탕을 보이며 "안 먹고 싶니?" 해도 아무것도 안 먹고 싶다더니, 서진이 방에서 할머니 소지품을 한아름 가져온다. 안방, 베란다, 소파 등에 숨기더니 이젠 서진이 방에 숨겨 놓았다. 귀여운 서진이!

민트사탕으로 재미있는 할머니와 놀이는 끝났다. 숨기기 놀이가 재미나는가 보다. 서진이가 재미있으라고 할머니도 두리번거린다. 깔깔 웃는 모습이 예쁘다. 할머니도 맞장구 치니 모두 즐거운 시간이다.

감기에 걸린 애벌레

하원 차 안에서 서진이가 "할머니 친구 다녀가셨어요?" 한다. 금요일에 손님이 오실 거라며 서진이에게 월요일에 우리 집에 가자고 말했는데, 잊지 않고 말한다. 다녀갔다고 말하자 할머니 집에 가고 싶은지 자꾸 가고 싶다고 말한다.

차에서 내리자 "애벌레, 미끄럼틀을 타고 싶다"고 한다. 어제 비가 와서 고인 물을 닦아주니 재미있게 탄다. 비행기, 그네를 '야 옹야옹 찍찍' 하며 재미있게 놀았다.

할머니 집에 와서 어릴 때 놀던 장난감을 가지고 논다. 전에 먹던 걸 기억하며 할머니 집에 오면 유자차를 달라고 한다. 2잔을 먹었다. 그리고 할머니가 베란다에 심어 놓은 토마토, 고추, 상추, 부추, 꽃에 물 주기를 열심히 한다.
감기가 들어서 일주일 동안 얼굴이 조막만 해졌다.
할머니 밥(물+밥)에 고등어조림을 먹었다.

마음대로 되지 않는 날

열 감기로 3일간 어린이집에 못 가고 있다. 아침부터 졸린다면서 징징거리더니 침대에서 운다. 베개 단추가 안 끼워진다고 운다. 펄쩍 뛰며 운다. 다시 시도해도 안 된다고 운다. 도와준다고 해도 혼자 한다고 또 펄쩍 뛴다. 여러 번 해도 안 된다.

"서진아 사탕 먹고 싶지 않니?" 사탕을 주어서 달래었다.

방에 들어가서 그림을 그린다. 동글동글 파마머리를 그린다. 동글동글 엄마 파마머리라 한다. 이목구비를 그리고 엄마 귀를 그리는데 귀가 안 그려진다고 또 펄쩍 뛰며 운다. 그렸다 지우고 울고 몇 번 반복 끝에 엄마 귀 모양이 그려졌다.

울음이 그쳤다.

밥 먹다 할머니랑 장난치다 의자 위에서 떨어져 또 운다. 우는 것은 괜찮은데 엉덩방아 찧어 아플까 봐 안아서 침대에 올리는데 이제 많이 자라 무겁다.

귀엽고 예쁜데도 자꾸 우니 나도 화가 나서 왜 우냐고 꾸중했다. 서진이는 손가락을 꼽는다.

"1번, 베개 단추가 안 끼워져서."

"2번, 엄마 귀가 안 그려져서."

"3번, 의자에서 떨어졌는데 할머니가 화를 내서 운다"고 말한다. 웃음이 나온다. 울면서 손가락 1, 2, 3 꼽는 모습과 말이 혼자 보기 아깝다!

할머니가 서진이 마음을 몰랐구나!

감기도 들고 아픈데 맘대로 되는 게 없었구나!

우리 서진이 마음을 몰랐구나!

미안해요. 사랑해요. 서진아!!

옥수수 팝콘

유치원 선생님 2명, 반에서 4명이 코로나가 확진되어서 일주일 동안 집에서 쉰다. 서울숲에 갔다. 햇볕에 앉아서 할머니는 '햇볕은 쨍쨍' 노래를 부른다.

"햇볕은 쨍쨍 모래알은 반짝
모래알로 떡 해 놓고
조약돌로 소반 지어
언니 누나 모셔다가
맛있게도 냠냠."

노래 따라 서진이는 봄 햇볕을 받고 돋은 파릇한 풀잎을 모으고, 솔가지를 모으고 돌멩이를 모으며 조반을 만든다고 이쪽저쪽 다니며, 조반을 만들었다고 냠냠 쩝쩝~ 소꿉놀이한다.

싸늘한 봄바람을 스치며 깨진 사금파리를 그릇 삼아 풀을 찧으며 돌을 모아 놀던 어린 날을 소환하는 날이었다.

5세 서진이가 갑자기 "한 가지 걱정이 있어요" 한다.

"할머니 100세 되면 하늘나라 가잖아요."

"엄마도 아빠도 회사 가야 하는데, 나는 누가 돌봐 줄까요?"

"할머니는 하늘나라 안 갈 거야."

"아니, 100세 되면 가잖아요. 나는 누가 돌볼까요?"

요 녀석 귀여운 서진이! 정말 걱정이겠다!

'걱정하지 마! 그때 서진이는 혼자도 모두 잘할 수 있는 어른이 되어있을 테니까.' 할머니는 혼잣말한다.

옥수동 가는 13번 마을버스를 처음으로 탔다.

"옥수동 가는 버스다" 하니

"옥수동은 옥수수를 많이 팔겠다" 한다.

"왜?"

"옥수동이니까요."

그럴듯한 대답이다.

버스가 옥수동에 도착하자

"옥수수가 없다" 하니

"옥수수 팝콘이라도 팔겠죠" 한다.

유치원에 안 가고 함께 보내며 많이 웃는 날이었다.

생강과 생각

낮잠이 적어졌다. 맥포머스 도형 놀이와 퍼즐을 즐겨한다. 어려운 퍼즐은 내가 먼저 시작해서 중간쯤 서진이에게 엄살을 부린다. 할머니는 어려워서 못 하겠으니 도와달라고 한다. 그러면 서진이는 할머니 것까지 척척 맞춘다.

"왜? 할머니 것 다 맞추니?" 하면 "할머니 도와주는 기예요" 한다. 할머니 엄살도 있지만 서진이의 맞추는 속도가 빠르다. 42조각, 62조각을 다 맞추었다.

요즘 손녀는 생각이 많단다. 그래서 퍼즐도 잘할 수 있단다. 할머니는 퍼즐을 못 한다고 하자 "할머니 생각이 적어요?" 그렇다 하니 며칠이 지난 후 말한다. 그럼 부엌에 생강을 가져다 먹으면 생각이 많아질 거라고 처방한다.

'정말? 생강을 먹으면 생각이 많아질까?'

뭘 하다 할머니가 까먹었다고 하니,

"사탕 까먹는 것처럼요?" 한다.

자꾸 하면 무섭지 않아요. 할머니!

하원하여 매일 놀이터로 향한다. 시소, 말, 그네, 미끄럼 타기, 숨바꼭질하고 온다. 오늘은 계단을 올라 미끄럼틀을 타자고 한다.

"아이 무서워"라고 하니 "자~ 하나" 하고 서진이 손을 잡고 할머니도 올라오란다. "둘" 하고 계단을 올라오라더니 또 "셋" 하며 또 올라오란다.

무서워서 못 올라가겠다고 엄살을 부렸더니 자꾸 하면 무섭지 않고 재미있단다. 그리고 또 미끄럼을 타란다. 아이 무서워 못 탄다고 하니 자~ 서진이가 밀어줄 테니 미끄럼을 타란다. 또 엄살을 부리며 무섭다고 하니 자꾸 하면 안 무섭고 재미있단다.

"아이 무서워" 하며 미끄럼을 타니 서진이가 보호자인 듯 뒤에서 내려오며 "무서웠니? 할머니?" 하며 "자꾸 하면 재미있다"고 할머니를 안심시킨다.

모험을 떠나요

아파트 담장에 노랑, 빨강 장미꽃
떨어진 잎을 보며 노래를 부른다.

장미꽃을 찾아
모험을 떠나요
하나둘 하나둘
하며 즐겁게 걷는다.
그리고 노랑, 빨강 장미꽃
떨어진 잎을 모아
할머니의 주머니에 넣어 준다.
잊어버리면 안 된다고
주머니 지퍼를 채운다.
차가 오니 등원 차에 오른다.

우산 하나

비가 올까 말까 하니
우산 하나만 들고
등원 길을 나섰다.
빗방울이 툭툭 떨어진다.
"같이 쓰자"며 할머니가 우산을 드니,
서진이가 "내가 쓸까요?" 하며
할머니가 비를 맞거나 말거나
신나게 비를 즐기며 간다.
우산 속의 빗소리가 좋은지
서진이 혼자 우산 쓰고 간다.
할머니가 비를 맞거나 말거나…….

살치살

아침밥을 준비해 주면 보람되게 잘 먹는다. 스스로 먹는 훈련 중이다. 인내하며 급하지 않게 천천히 훈련한다.

서진이는 모든 걸 잘하는데 한 가지 아쉬운 게 있다. 밥을 제자리서 집중해서 안 먹는 거다. 밥만 잘 먹으면 최고가 될 거라지만 노력은 안 보이고 끌려는 온다.

오늘은 과일, 고기, 매실, 오이 피클에 밥을 맛나게 먹더니,
"아~ 배부르다!" 한다.

잠시 후 응가 마렵다고 화장실에 가서 건강한 응가를 하더니,
"아~ 시원하다!" 한다.

양치질을 준비하며 또,
"아~ 배부르다. 아~ 시원하다" 흡족하다는 듯이 말한다.
옆에서 보는 할머니도 같은 느낌을 받는다.

서진아! 배도 부르고 응가를 했으니 얼마나 시원하겠니?
얼마나 기분이 좋겠니?

"할머니가 해 주는 밥이 최고 맛있어요" 한다.
왜? 이리 살치살이란 단어가 생각이 안 나는지……
"서진아! 치마살하고 밥 먹을래?"
"네, 살치살하고 밥 먹을래요."
맛있는 살치살 맛을 보더니,
"뭐하고 밥 먹을래?" 하면 "살치살이요" 한다.

얼마나 밥이 맛있었는지 할머니가 해주는 밥은 참 맛있다고 노래를 부른다. "참 맛있다."
그러더니, 우리 엄마는 재미나게 밥을 해주고 우리 아빠는 서진이 놀리기를 좋아하고 유치원 선생님은 나를 가르쳐주시니 서진이는 행복하단다.

할머니는 말한다.
"너는 정말 행복하다. 맛있는 밥도 먹고 놀아 주고 가르쳐 주시는 분들이 있으니 할머니도 좋다!"
서진이는 또 외친다.
"할머니 밥 최고 맛있어요!"

할아버지가 왜 없어요?

유치원에 다녀와서 간식을 먹으며
"할머니! 할아버지가 왜 없어요?"
"무슨 할아버지?"
"권순이의 할아버지요."
"하늘나라 가셨다."
"다른 할아버지 들이면 되잖아요."
"언제 그런 생각 했어?"
"지금요."
5살 네가 세상이 보이나 보다.

왜 못하지?

아침 유치원 등교로 바쁘다.

밥도 먹여야 되고, 세수도 양치도 머리 빗고 옷도 입어야 되는 시간이다.

그 시간에 서진이는 톰과 제리를 유튜브로 보여달라고 한다.

"못 한다" 하니

"할머니가 늙어서 그런가?"

"힘이 없어서 그런가?'

"코로나에 걸려서 그런가?"

"왜 못하지?" 한다.

분석도 잘해.

아침은 바쁘다.

이 빠진 고양이

　서진이 치아가 며칠 전부터 흔들리더니 복숭아를 먹다 앗! 이가 쏘옥 빠졌다. 아프지도 않게 빠져서 다행이다.

　"엄마처럼 이를 실로 묶어 머리도 안 치고, 아빠처럼 병원도 안 가고 이가 빠졌다"라고 신기한 듯 거울 앞으로 가서 요리조리 살핀다. 그리고 서진이가 가장 좋아하는 인형 고양이도 서진이처럼 이가 빠졌다고 그림을 그린다.

　5살 서진이, 오늘은 두 번째 이를 빼야 하는데 걱정이다. 무섭다고 아프다고 울까 봐. 이가 흔들흔들한다. 이를 빼자 하니 안 뺀단다. 그리고 엄마는 어떻게 했냐고 또 묻는다. "이를 실로 묶고 문고리에 매고 이마를 '탁' 쳐서 뺐다"라고 했다. 그래서 엄마는 어떻게 했냐고 한다.

　"무서워했지만 이마를 뒤로 밀었을 때 '어!'하고 울지도 않고 안 아파했다"고 하니 이를 뺄 수 있다는 자신감이 생긴 것 같다. 반짇고리에서 실을 찾아 앞으로 가니 처음에는 도망하더니 준비된 의자에 앉는다.

치아를 실로 묶어 문고리에 걸고 서진이 머리를 미니, '툭' 하고 치아가 땅바닥에 떨어진다. 두 번째 치아가 빠졌다.

서진이는 아프지 않다고 하며 거울을 보러 간다. 가글하고 피를 멈추게 아이스크림을 주었다. 엄마처럼 하면 무엇이든 할 것 같은 용감한 서진이 응원한다.

4번째 치아가 흔들려 뿌리만 남았다. 실로 당기면 금방 빠질 것 같은데 무섭다고 한다. 3일째 오늘 낮에도 무섭다고 시도하다 실패했다. 저녁때는 불편한지 빼겠단다. 실을 가져다 문고리 걸고 시작하지만 또 도망 다닌다.

"할머니가 의사고 엄마는 간호사다" 하니 "서진이는 무엇 하냐?" 한다. "서진이는 환자다" 하니 재미가 난지 협조하더니 또 몸을 튼다. 간호사 엄마가 유튜브를 보여 준다며 화면을 보여 주자 화면에 집중하는 사이 할머니 의사는 실을 잡아당겨 치아를 '툭' 떨어트렸다.

아무렇지도 않게 거울을 보고 오더니 갑자기 서진이는 의사가 되어 서진이 치아를 묶었던 실을 가져와 할머니 치아를 뺀단다. 갑자기 할머니는 환자가 되어 치과 놀이를 하였다.

놀이로 변했다

출근하는 엄마가 보고 싶다고 운다. 할머니 등에 업혀 베란다 창 너머 길에 사람들 가리킨다.

"아침이면 언니, 오빠, 동생들도 엄마 아빠들도 출근한다. 그리고 너도 유치원 가고 할머니도 집에서 집 정리도 하고 밥과 간식도 준비한단다."

잠시 울음을 그친다.

"할머니가 안아줘도 엄마 느낌이 안 들고 눈물이 자꾸 나요."

엄마하고 떨어지고 싶지 않은 아침인가 보다. 마음을 움직여 본다.

"위층에 쌍둥이 언니들이 울면 시끄럽겠다"고 하니

"고양이 두 마리 울면 야옹야옹하겠죠?"

"세 마리, 네 마리…… 점점 숫자가 늘어 백 마리가 울면 어떠냐?"고 한다. "아마도 할머니는 시끄러워 밖에 나갈 것 같다"라고 하면서 이야기하다 놀이로 변했다.

비단 보자기

서진이는! 분홍색을 좋아한다. 비단 보자기로 고양이도 보따리 만들고 장난감도 감싸고 논다.

피아노를 잘 치게 선물을 준다고 하면서 할머니 집 비단 보자기를 준다고 약속했다. 내일 갖다준다고 했는데 생각하다, 뒤돌아보는 순간 잊어버리는 할머니라 오늘 약속을 못 지켰다.

"서진아! 할머니가 자꾸 잊어버린다. 할머니 집에 가면 전화를 꼭 해라" 했다.

이렇게까지 약속하고 집에 왔을 때까지! 꼭 가져가야지 했는데 자리에 앉는 순간 또 잊어 버렸다. 깜빡이 할머니다!

누워 자려는데 전화가 왔다.

"할머니! 비단 보자기 잊지 말아요. 꼭 챙기세요."

"알았다" 하니, "꽃분홍색 뒤쪽은 보라색 있는 거예요" 한다.

요 녀석 색깔도 기억한다. 할머니 집에 자주 오지도 않는데 가끔 본 것을 기억한다. 지금 챙겨 가방에 넣는다.

겹치는 모습

유치원 등원하러 간다. 날씨가 추워져 하얀 잠바를 입혔다.

뒷모습이 예뻐서 "할머니 쳐다봐" 하며 사진을 찍으니 포즈를 잡는다. 우리 선혜 키울 때도 앞서 뛰어가면 "엄마 쳐다봐라" 하면 뒤돌아보고 또 "엄마 좀 보자" 하면 뒤돌아보았던 생각이 난다. 옛날 그 모습을 생각하며 우리 서진이를 본다.

서진아, 너희 엄마도 옛날에 그랬단다. 그러면 너무 좋아하는 서진이! 엄마 닮았네. 서진이는!

간식을 먹고 졸린다고 한다. 그러면서, 엄마 어릴 때 이야기해 달라고 한다. 엄마가 유치원 다닐 때 삼촌은 어디 다녔나? 엄마가 초등학교 다닐 때 삼촌은 어디 다녔나? 줄기차게 묻는다.

할머니의 대답에 재미가 나는가 보다.

엄마는 어릴 때 서진이같이 예쁘고 그림도 잘 그리고 공부도 잘하고 똑똑했다 하니, 엄마 닮았다고 좋아한다.

그러더니 "삼촌도 공부를 잘했느냐?" 묻는다. "공부보다 노래를 잘해서 지금 성악가가 되었다" 하니 재미가 나는가 보다.

요~ 예쁜 5살 서진이가 엄마 어릴 때가 궁금하다면서 매일 묻는다. 얼굴을 쓰다듬으며 선혜 어릴 적에도 이렇게 예뻤다고 하며 어릴 적 사진을 보여 주기로 했다. 더 흥미진진한 서진이!

오래간만에 낮잠을 오래 잔다. 깨워도 안 일어난다. 눈을 뜨더니 더 자고 싶은지 갑자기 잠자기 대회를 하잔다. "좋아" 하며 할머니도 침대에 눕자 또 재미나는지 "잘 잤다, 야옹 갸릉갸릉" 한다. 할머니도 장단 맞추어 "갸릉갸릉 새끼 고양이 잘 잤니? 야옹 야옹" 한다. 재미난 우리 서진이!

일어나더니, 할머니가 저녁 준비하는 동안 책을 읽는다. 화장실에서 대변을 보면서 "할머니, 누가 이모야!" 한다. 『이모저모』책을 읽으며 "할머니는 이모, 서진이는 저모" 하며 읽는다.

화장실에 가 보니 책을 무릎에 얹어 놓고 응가를 하고 있다. 앉으면 책을 보는 서진이다. 며칠째 이어지고 있다. 조용해지고 있다. 책을 읽는 탓에……. 여전히 고양이는 친구로 잘 놀고 있다.

저녁에 청국장을 끓였다. 평소에도 선혜는 국물을 잘 안 먹는다. 오늘도 건더기만 먹길래, "외할머니도 국물은 안 드시고 건더기만 드셨다" 하니 옆에서 듣던 서진이가 말한다.

"이복시* 할머니 손녀딸이니까 닮았겠지."

그렇겠구나! (*이복시는 선혜 외할머니)

서진이 집이 이사한다면?

선혜랑 할머니가 이야기하는 걸 듣고 이야기한다.

서진이 집이 이사한다면 할머니는 어떻게 해야 할까? 생각하는가 보다. 가까운 곳에 있는 할머니가 멀어질 걸 예상하고 서진이를 누가 돌볼 것인가? 걱정되었는지~ 사실 이루어질 날도 정해진 것도 아니다.

서진이는 대책을 세운다.

"1번 엄마가 컴퓨터로 집에서 일한다."

"2번 할머니가 서진이 집 근처에 이사를 온다" 하더니

"아니 이렇게 하면 더 좋겠다"며

"1번 엄마나 아빠가 일을 취소하면 될 것 같다" 하더니 엄마가 취소하면 좋겠다 한다.

웃겨요. 제안이 그럴듯하다.

조건을 걸면 안 돼요

메가박스 키즈 카페에 가기로 했다. 아침 숙제도 하고 피아노도 치고 어질러진 책상을 정리해야 한다. 인형 고양이가 우글우글하고 책이 널브러져 있는데 정리를 해 보라 하자 책은 책대로 인형은 인형대로 정리한다.

정리하면서 "할머니, 키즈 카페에 간다고 인형 치우라고 하는 것은 나쁜 것"이란다.

"누가 그러던?" 하니 선생님께서 말씀하셨단다.

서진이에게 한 방 먹었다! 조건을 걸고 시키지 말라는 이야기다. 선생님께서 무엇하면 무엇을 준다는 것은 나쁜 거라고 했단다. 맞다, 할머니도 조건을 안 걸기로 했다. 규칙을 정하고 규칙대로 한다. 그래서 미안하다 하니 괜찮다 한다.

하원 후 간식을 먹고 고양이 침대를 만들고 인형 고양이를 모두 모아 놓고 장난하며 논다.

"할머니가 싫어하는 거 하면 안 돼요?"

"무엇인데?"

"피아노 안 치고 사탕 먹으면 안 되나요?"

"안 돼. 피아노 칠 때만 줄 거야"라고 하니, 할머니가 피아노 치라고 한다며 엄마한테 이를 거란다.

"일러라, 엄마도 서진이 피아노 잘 치면 좋지" 했다.

"엄마가 마음이 변했나? 피아노 안 쳐도 된다고 했는데……."

그냥 논다. 한참 놀고 오더니 방에서 피아노 소리가 난다.

"우와~~ 우리 서진이 피아노 잘 친다! 사탕 주어야지" 하니

"몇 개 줄 거야?" 한다.

"두 개 줄까?" 하니 3개 달라고 한다.

"그래, 먹고 싶은 만큼 줄게~~" 하니, 서진이가 치기로 약속한 월요일과 목요일은 사탕 몇 개 줄 거냐고 한다.

"약속한 날이니까 하나 줄게."

대신 금요일 문화교실 갈 때는 사탕 뽑기를 해준다고 약속하니 재미가 나나 보다. 제법 잘 친다. 손도 예쁘게. 안친다 해도 피아노 치고 나면 계이름으로 노래를 부르고 손가락으로 연습한다. 사탕은 3개 주었지만 하나만 먹었다.

오늘은 규칙으로 서진이가 할 힘을 끌어냈다!!

장미꽃보다 예쁘다

7월 무더위에 장미꽃이 예쁘다.
장미꽃 옆을 지나던 서진이가 말한다.
나보다 더 장미꽃이 예쁘다 한다.

할머니는 우리 서진이가
더 아주 많이 이쁜데~~~

서진이는 다시 꽃을 쳐다보며
나보다 장미꽃이 더 예쁘다 한다.

암만 보아도 할미는
우리 서진이가
하늘만큼 땅만큼보다
장미꽃보다 더 예쁘다.

서진이랑 할머니는 찐사랑

할머니 무릎이 편한가 보다.

무릎에 누워 할머니 얼굴을 쳐다보다

할머니 코딱지를 발견하고

코딱지를 판다고 손가락으로 후빈다.

한 번도 아니고 두 번, 세 번, 몇 번이고 후빈다.

눈곱도 발견한다.

눈곱도 작은 손가락으로 비벼서 꺼낸다.

세수 안 했냐고 하면서~~~

서진이는 하루에 두 번 세수 하고

치카를 네 번 한다며 세수하라고 한다.

누가 내 코딱지 눈곱을 떼어 주겠나?

더러운 코딱지 눈곱을……

우리 서진이는 사랑의 마음으로 할머니를 살핀다.

서진이랑 할머니는 찐사랑 사이다.

누가 먼저 자나

어제저녁 늦게까지 잠을 안 잔다.

"누가 먼저 자나?" 하고 할머니가 '합' 한다.

잠잔다고 신호를 보내니 서진이가 먼저 잘 거라고 '합' 한다.

할머니보다 먼저 잘 거라고 다시 '합' 한다.

결론은 서진이가 먼저 '합' 하고 먼저 잠을 자기 시작했다.

아침에 눈을 뜨더니, 더 자고 싶은가 보다. 선혜가 출근하고 다시 침대에 눕더니 "할머니 우리 놀이 하자" 한다.

"움직이는 고양이와 쓰러진 고양이 놀이를 하자" 한다.

할머니는 얼른 쓰러진 고양이 한다고 했다. 서진이는 자기가 쓰러진 고양이 한다고 하며 둘은 옥신각신했다. 할머니의 양보로 쓰러진 고양이 서진이가 되어 눈을 감고 침대에서 뒹군다.

"으하하하~~" 놀이는 끝나고 유치원 갈 준비를 했다.

할머니랑 죽이 잘 맞아 이야기를 잘 만들고 있다.

할머니 아픈 날

할머니가 감기 들어 약을 먹으니 눈을 뜰 수가 없다. "서진아! 할머니 좀 잘게" 하고 누워 있으니 보채지도 않고 논다. 책장을 넘기다 피아노도 치다가 할머니 곁으로 오더니 "할머니! 무슨 소리 났는지 알아요?" 한다. 우리 서진이 피아노 소리 듣고도 너무 힘들어 칭찬도 못했다.

눈을 뜨고 겨우 일어나니 배가 고프다며 우유를 컵에 부어 식탁에 놓인 딸기를 넣어 먹어야 한단다. 방방을 뛰었더니 할머니보다 심장이 2배 뛴단다. 한참을 놀다 심심하다면서 운다. 저녁에 할머니처럼 아빠까지 놀아 주지 않을까 봐 걱정이라며 막 운다. 많이 심심했나 보다. 울음을 그치더니 "할머니! 심심하지 않게 그림을 그리자"며 할머니를 놀이에 끌어들인다. 화첩 반에 선을 긋고 할머니랑 그림을 그리며 기분 전환을 했다.

잘 사는 것은 돈이 많은 부자가 아니라, 부모와 많은 추억을 남기며 사는 것이라고 한다. 우리 서진이에게 할머니랑 추억이 담긴 어린 날의 모습을 기록해 본다.

무서운 꿈 안 꾸는 법

아침에 숙제로 영어 읽기를 한다. 어눌한 할머니 발음은 이상하고 정확하지 않다. 가끔 맞으면 "옳지!" 하더니 오늘은 "어떠냐?"고 하니 할머니 발음을 교정시키더니 예쁜 목소리로 하란다. 5번씩 읽기 숙제인데 선혜랑 2번 읽고 할머니 앞에서 3번 혼자 읽는다. 읽은 다음 따라 읽으니 할머니도 조금씩 알아가고 있다. 할머니 영어 선생님은 정서진이다.

어제 할머니가 무서운 꿈을 꾸었다 이야기를 하니 무서운 꿈을 안 꾸는 방법이 있다며,

1. 어른은 어린아이 말을 잘 들어야 한다.

2. 어른 맘대로 하지 않고 아이 말을 잘 들으며 피아노 치라고도 하지 말아야 한다.

3. 토끼보다 고양이를 많이 사랑해야 한다.

4, 5, 6, 7, 8, 9, 10, 11.

손가락을 꼽으며 말을 하는데 그럴듯한 말을 열거한다. 11가지를 말한다. 웃음이 나온다. 다 기억을 못 하겠다.

다섯 번째 생일

서진이의 다섯 번째 생일이다. 고양이 그림이 그려져 있는 수저만 고집하고 고양이 인형까지 좋아하던 서진이가 어느덧 고양이 그림이 없는 수저를 사용하고 컵이며 선택이 넓어지고 있다. 아직 어떤 인형도 고양이 인형을 넘을 수는 없지만, 세상을 보는 눈이 넓어져 가는 것 같다. 규칙이 있음을 알고 따라야 함을 알아 유치원 준비물과 숙제를 빠트리지 않고 있다. 가끔은 할머니를 지적하지만 귀엽다. 밥을 빨리 먹으면 무엇을 준다는 것은 나쁜 것이라며 지적도 한다. 넓은 세상을 알아가며 올곧은 생각이 자리 잡고 반듯하게 자라길 기도한다.

긴 시간 동안 같이 놀고 지내는 동안, 아직 알지 못하여 때로는 버릇없어 보일 때에도 나무라지 않고 그때마다 설명해 주고 이해를 시켜주면 잘 따르는 서진이와의 관계가 최고 보람이다.

다섯 번째 생일을 맞이한 서진이는 정말 많이 자라서 말씨름을 하면 강한 논리로 자기주장을 펴는 말 잘하는 서진이로 자랐다. 속으로 웃으며 져주는 양하지만, 다시 바른말로 고쳐주면 잘 알아 듣는 서진이로 자라서 감사하다.

장난을 좋아하고 이야기를 잘 만들어 가는 우리 서진이에게 애벌레가 나비가 되는 멋진 그날을 기대한다. 시간이 갈수록 더 풍성한 생각들이 나올 것이다. 그때마다 멋진 정원을 만든 정원사처럼 물도 주고 가지도 잘라주고 거름도 주면서 해로운 벌레를 제거도 하는 정원사 같은 할머니가 되면 좋겠다. 생일인데 기도하려 하니 지난번에 할머니 했으니, 오늘은 서진이가 한다며,

하나님 아버지, 오늘은 서진이 생일입니다. 귀한 음식 먹고 엄마, 아빠, 할머니, 할아버지, 고모, 고모부, 삼촌, 숙모, 박민경 할머니, 곶감 할머니, 고구마 할머니, 쌍둥이 할머니, 김명식 할머니, 조경분 사모님 건강하게 해주세요. 아멘.

서진이가 본 모든 이를 위해 기도한다. 우리 서진이가 말씀으로 양육되는 복있는 자로 자라나길 기도하며 틈틈이 쓴 서진이 이야기를 책으로 엮어 다섯 번째 생일을 축하해주었다.

나중 어느 때 서진이가 기쁠 때 또는 외롭고 힘들 때 어린 너의 모습을 보고 한 번 더 소리 내어 웃어 보고, 위로가 필요할 때 힘을 얻길 바라는 마음이다. 권순이 할머니가 하늘만큼땅만큼보다 더 많이 서진이 사랑한다. 건강하게 자라거라. ♡

서진아!

할머니 놀이터에서 놀자!

지 은 이 권순이
인 쇄 일 2023년 9월 5일
발 행 일 2023년 9월 15일

발 행 인 이문희
디 자 인 성수연, 김슬기
펴 낸 곳 도서출판 곰단지
주　　소 경남 진주시 동부로 169번길 12, 윙스타워 A동 1007호
전　　화 070-7677-1622
F A X 070-7610-7107
전자우편 gomdanjee@hanmail.net
I S B N 979-11-89773-70-0　03800